SOPHIE RIGAL-GOULARD

15 JOURS SANS Réseau

RAGEOT

Pour Émilie, la vraie, qui se reconnaîtra !
Un clin d'œil à Élise...

Cet ouvrage a été imprimé sur un papier
issu de forêts gérées durablement,
de sources contrôlées.

Couverture de Marie de Monti.

Facebook® est une marque déposée de Facebook, Inc.

ISBN : 978-2-7002-5318-4.

ÉMILIE RAMIER sur Facebook

12 JUIN

J'ai ENFIN un compte Facebook!

Au nom de Lili Ramier (j'ai utilisé mon surnom parce qu'il y a trente-sept Émilie Ramier sur FB).

D'ailleurs, c'est le grand drame de ma vie, ça! Je rêve d'être originale et rien que dans mon collège on est déjà quatre Émilie (dont trois brunes avec frange. Comme moi)! Donc sur Facebook, je ne vous en parle même pas!

Mais oublions cette remarque négative, car aujourd'hui

    👤 **pas de nuage dans mon ciel bleu azur.**

(C'est le tout premier post sur mon profil. J'en suis très fière.)

J'ai passé la matinée à chercher une photo pour ma page d'accueil. Sur presque toutes, on voit mon oreille décollée (autre drame de ma vie, j'ai UNE oreille décollée). Juliette, ma première meilleure copine, trouve ça original, elle prétend que c'est très rare. Moi, j'aurais préféré zéro oreille (décollée, évidemment!).

J'ai fini par trouver LA photo du siècle, celle où je pose sur mon balcon, au soleil couchant, avec du flou tout autour. Le flou qui auréole mon visage, ça fait tout de suite photo de pro. (En fait, c'est juste un loupé de ma mère qui n'a jamais su faire le moindre réglage sur son appareil.)

Ensuite il m'a fallu une photo de couverture... Là, pas d'hésitation, j'ai posté celle où je suis avec Juliette, Judith, les jumelles Morgane et Coralie, et Théana, mes meilleures copines. On est toutes les six sur les marches du collège et on a l'air tellement cools!

J'ai consacré mon après-midi à personnaliser mon profil.

J'ai hésité super longtemps. Au début j'ai voulu remplir TOUTES les rubriques. Je me disais que c'était super important que je sois précise.

J'ai très vite bloqué sur « emploi » ou « compétences professionnelles ». Je ne me voyais pas répondre « collégienne », ça fait nul. « Étudiante », ça fait vieux. Quant aux « compétences », j'en ai beaucoup (je sais super bien skier, ou faire la roue mais c'est tout sauf « professionnel » !).

Alors j'ai préféré rester dans le vague. Je me suis contentée de remplir les rubriques qui m'intéressaient.

Le résultat est franchement à la hauteur.

En tout cas, je trouve que mon profil dégage une dose de mystère qui donne envie de me connaître.

-ᴧ- **Émilie (Lili pour les intimes)**
-ᴧ- **Née à Paris**
-ᴧ- **Habite à Paris**

J'ai ajouté quelques détails personnels.

-⋀⋁- **Étudie (pour longtemps encore)**
-⋀⋁- **Célibataire (mais où es-tu super Beau Gosse de mes rêves?)**
-⋀⋁- **Seule fille coincée entre deux frères: Ambroise, seize ans, Lucien, huit ans.**

J'ai eu envie de personnaliser ma page d'accueil avec cette citation que j'adore.

   ☿ **«Les amis sont les anges qui nous soulèvent quand nos ailes n'arrivent plus à se rappeler comment voler.»**

En revanche, j'ai carrément préféré sauter la date de naissance. Je fais plus vieille que mon âge sur ma photo, donc autant entretenir le doute.

Bon, évidemment, au collège tout le monde sait qui je suis. Mais mon compte FB n'est pas forcément destiné aux gros débiles qui étudient dans le même établissement que moi (je parle des garçons de mon âge.) Il s'adresse de préférence à mes copines chéries avec lesquelles je vais être reliée vingt-quatre heures sur vingt-quatre, grâce à nos MP (Messages Privés pour ceux qui vivraient sur Mars et n'auraient JAMAIS ouvert une page FB), mais aussi à Sam, Max, Quentin, Zack ou n'importe quel garçon de la bande des troisièmes du collège Saint-Jean.

Ils nous font TOUS craquer, mes copines et moi.

J'ai fini par envoyer un snap de ma page d'accueil à toutes mes copines.

Les MP ont fusé.

-ᶺᶺ- **Trop classe**

-ᶺᶺ- **Je suis jalouououse**

-ᶺᶺ- **T'as combien d'amis ?**

-ᶺᶺ- **J'adooooore !**

-ᶺᶺ- **Des love ma Best Friend**

-⋏⋏- **Mickey (avec une oreille) s'est glissé sur ta photo de couv!**

Oui, il y a un intrus dans les MP.

Cinq messages d'amour de mes copines et un seul envoyé par mon boulet de frère !

C'est le troisième drame de ma vie. Ambroise. Seize ans et plus lourd à lui tout seul que l'ensemble des garçons de ma classe. Je ne sais pas comment il a réussi à deviner aussi vite que j'avais créé un compte, mais je préfère le zapper et continuer à raconter ma journée sur Facebook. Parce que je n'ai pas fini...

J'ai passé au moins trois heures à « faire des demandes d'amis ». Alors je dois être claire, des amis dans la vie, j'en ai beaucoup. Sur FB, il faut juste aller les chercher (enfin, aller chercher leur profil) et ensuite leur demander de t'accepter comme ami.

Ensuite, tu peux partager des milliards de choses, comme des photos (j'en ai des tonnes avec mes copines), des vidéos trop drôles, des articles passionnants, des citations super belles...

Ce qui est génial, c'est qu'à force d'être l'ami de l'ami des amis de son amie, on se retrouve très vite avec des centaines de contacts, et ça, c'est classe ! Théana, ma cinquième meilleure copine, en a deux-cent-soixante !

Pour l'instant, j'en suis à quarante-et-un. Mais attention, avec un compte FB qui a juste douze heures d'existence !

Pile douze heures d'ailleurs puisqu'il est vingt-deux heures et que j'ai commencé après le petit-déjeuner. C'est cool, le samedi, on peut passer tout le temps qu'on veut sur son ordi !

Je viens de recevoir un nouveau MP de mon frère.

Il est l'heure d'aller faire dodo, Lili.

Je vais bloquer son compte. Je l'ai déjà en direct à la maison, ça suffit !

Je ne touche plus terre.

Je me suis pincée au moins trois fois.

Je n'arrête pas de regarder la notification qui vient d'apparaître sur mon écran et je n'en crois pas mes yeux.

Sam a LIKÉ MA PHOTO DE PROFIL!

Le Sam de la «bande des troisièmes»!

D'abord j'ai failli faire une attaque cardiaque et ensuite, dès que j'ai réalisé que c'était VRAI, j'ai prévenu mes copines avec ce message qui en dit long.

Sam et moi, le début ?

Aussitôt, j'ai eu quatre MP doublés de quatre SMS ! (Théana ne me parle plus depuis hier parce que j'ai oublié de liker la vidéo de son spectacle de danse. C'est difficile de TOUT voir sur Facebook ! Pourtant, je suis au taquet et je passe mon temps à traquer les profils des uns et des autres. Malgré ça, il y a encore des événements ultra-importants qui m'échappent !)

Le BG de Saint-Jean ?

Allez arrête ! C'est pas drôle !

Géniaaaaaal !

Bravo ma louloute d'amour !

J'ai décidé de chercher une citation pour illustrer mon humeur du jour. Je surfais donc sur le Web quand Ambroise est entré dans ma chambre (sans frapper) pour emprunter (sans demander la permission) mon enceinte portable. Pour m'énerver encore plus, il chantait à tue-tête le refrain de *La Reine des Neiges* qu'il avait mis à sa sauce :

– Libéréé... Délivréé... Je me sens libéré... Des doigts de pied éé...

Lucien (mon petit frère) tout content est venu faire le choriste alors qu'une vague de violence montait en moi. Mes parents, attirés par l'ambiance festive qui régnait dans ma chambre, nous ont annoncé qu'ils savaient déjà où on allait partir en vacances mais qu'ils attendaient la confirmation du séjour pour nous le révéler.

– Vous allez voir, ça va être renversant ! a lâché mon père.

– N'en dis pas trop, a souri ma mère.

– Mais renversant ? Dans quel sens ? a demandé Ambroise qui, du coup, avait arrêté de chanter.

– On va vivre la tête en bas ? a insisté Lucien en joignant le geste à la parole.

Nos parents ont pris un air super mysté-rieux.

Je suis TRÈS inquiète, pour un certain nombre de raisons :

A) Les vacances ne sont JAMAIS prévues d'avance dans notre famille. C'est toujours du « dernier moment » voire de la « totale impro ».

B) Le mot « renversant » est louche, même si on tord la tête pour le rendre plus drôle comme l'a fait Lulu.

C) Mes parents semblent penser qu'ils ont eu l'idée du siècle.

Ma conclusion : ça sent mauvais.

Mon humeur du jour reste joyeuse (un like de Sam, c'est encore mieux qu'un pot de Nutella tout neuf !) mais un petit nuage vient d'obscurcir le beau soleil qui régnait dans ma tête.

Du coup, je poste une phrase perso qui illustre parfaitement mon humeur du moment.

⌂ **J'adore ma famille. Surtout quand elle est loin !**

C'est un peu méchant, j'avoue. N'empêche que j'ai été likée vingt-deux fois. Franchement, on pense toutes la même chose, mes copines et moi. On aimerait respirer un peu de temps en temps et ne pas avoir à supporter vingt-quatre heures sur vingt-quatre les membres de notre famille. Un peu d'air, *please* !

En ce qui me concerne, j'étouffe parfois... Même si je dois reconnaître que mes parents peuvent être super cools dans certains domaines.

Ils sont très occupés (tendance débordés). Ils travaillent dans la même entreprise et ils sont connectés en permanence. Je pense que, la nuit, ils mettent leur réveil pour continuer à checker leurs mails. Mon père et ma mère sont en mode TGV dès qu'ils se lèvent vu qu'on est TOUJOURS en retard et c'est petit-déj'-tablette ou petit-déj'-téléphone, au choix, pour rattraper le temps qu'ils ont perdu à dormir. Dès le matin, ils doivent vérifier un milliard d'infos ! C'est pour ça qu'ils sont plutôt tolérants en matière d'écrans avec leurs trois enfants. On n'a pas d'horaires imposés comme certaines de mes copines. Je dirais même que chez moi, c'est la « totale liberté » !

« Apprendre à gérer son temps, c'est déjà devenir grand », voilà la maxime préférée de mes parents...

Je pense qu'ils ne se rendent pas compte qu'au niveau « gestion du temps », ils ont du mal à montrer l'exemple. Du genre à prévoir la veille des vacances que justement, ils vont y être en vacances !

Ça donne TOUJOURS des séjours exotiques et imprévus comme la fois où on devait visiter Londres et qu'ils ont oublié de vérifier toutes nos cartes d'identité. On a dû rentrer à la maison parce qu'à l'aéroport, maman a réalisé que celle d'Ambroise était périmée. Du coup, on a passé deux semaines chez des amis à eux dans le Sud de la France qui ont eu pitié de nous et de nos vacances annulées. J'ai donc des raisons de m'inquiéter pour le séjour qui se profile à l'horizon...

À part ça, j'ai deux frères...

Un peu boulets sur les bords.

Ambroise a seize ans. La vraie vie de mon frère aîné se passe sur les réseaux. Il surfe sur Internet depuis bien plus longtemps que moi. C'est simple, comparée à lui, avec mon compte FB, je suis une Australopithèque qui commence tout juste à écrire sur les murs de sa grotte !

Ambroise est un *gamer*. En gros, ça signifie qu'il passe SA VIE à jouer en réseau sur son ordi. Il fait partie d'une *team* (ses partenaires de jeu portent des pseudos du genre Bigfly, Petitdingo, Korozoufi ou Kirua5200. Véridique ! Quant aux conversations qu'ils ont par chat... On a juste l'impression qu'ils parlent couramment l'extraterrestre). Il joue plusieurs heures par jour (obligé paraît-il, ce sont des entraînements !) à *The Way to War*, un jeu de guerre où il doit tuer le plus de gens possible...

Pour compléter son emploi du temps déjà bien rempli, mon frère est aussi un *streamer*. Pour info, il se filme en train de jouer à son jeu et il poste ses vidéos. LE PIRE, c'est que d'autres *gamers* comme lui LE REGARDENT en train de jouer et de commenter ses tirs ! J'ai déjà jeté un œil sur quelques-uns de ses « tutos », c'est la quatrième dimension…

Quand mon frère aîné ne sait vraiment plus quoi faire, il ouvre ses cahiers et révise ses cours de seconde. Ses résultats sont catastrophiques en cette fin d'année, ce qui rend son caractère encore plus insupportable que d'habitude.

Tout va très bien entre Ambroise et moi tant qu'on ne s'adresse pas la parole. Et de toute façon, les phrases dans lesquelles n'apparaissent pas *kill*, *shot*, *battle*, *boss*, ou *team* ne l'intéressent pas tellement.

Lucien, mon petit frère, a huit ans, soit quatre de moins que moi. Notre Lulu national est un crack à l'école. C'est le seul de notre fratrie à tout « déchirer » avec ses notes. Ambroise lui dit souvent qu'il a dû être échangé à la maternité pour avoir un cerveau pareil. Sympa !

Le problème, c'est qu'il est super intelligent mais aussi super sensible, super allergique et super casse-pieds accessoirement. Donc, pas d'animaux à cause des poils, pas d'oiseaux à cause des plumes. Pas de films qui font peur. Pas de contrariétés. Quant aux repas, il faut faire attention à tout ce qu'il mange depuis qu'il est tout petit. Sinon, il peut gonfler et c'est super dangereux.

Lulu réfléchit beaucoup (je pense que c'est celui qui cogite le plus dans la famille) et aime particulièrement le... scrabble ! C'est le seul garçon de huit ans au monde qui saute de joie à l'idée de placer des lettres sur un plateau de jeu.

J'avoue que je me sens parfois prise en sandwich entre mes frères, le grand et le petit ! Dans ces moments je m'imagine fille unique. Je pourrais passer des heures à discuter avec mes copines via FB ou par SMS, sans être dérangée...

Le bonheur...

D'ailleurs je viens de poster une nouvelle pensée du jour.

↗ Une journée sans mes frères, c'est comme un paquet cadeau que je m'apprête à ouvrir!

J'ai déjà douze commentaires et dix-sept likes.

J'ai un succès fou sur FB, moi, c'est dingue!

ÉMILIE RAMIER sur Facebook

19 JUIN

👤 **Personne n'a envie de me sauver la vie ? Je cherche quelqu'un qui accepte de m'héberger du 7 au 21 juillet inclus.**

Voilà le post que je viens d'envoyer.

J'ai l'œil rivé sur mon écran et j'attends les commentaires mais j'espère surtout recevoir des invitations. Mes copines sont déjà au courant mais malheureusement, elles partent TOUTES en même temps que moi.

⚇ **La nouvelle vient de tomber, tel le couperet de la guillotine.**
Mes parents nous ont annoncé la destination de nos vacances.
C'est I-NI-MA-GI-NA-BLE. Tout simplement...

Je veux que TOUS mes followers puissent être au courant de la tragédie qui vient de s'abattre sur ma vie.

Petit flash-back pour mettre dans l'ambiance. La scène se passe hier soir...

On est tous sur le canapé dans le salon. Lucien a sa *game-boy* à la main, Ambroise pianote sur son portable et moi, je fais défiler sur l'écran de mon ordi les dernières notifications sur ma page FB, sachant que je n'ai plus AUCUNE nouvelle de Sam, le BG de Saint-Jean, depuis qu'il a liké ma photo (snif!).

– Alors... Voici le moment que vous attendez tous! lance soudain mon père. Vous voulez savoir où nous allons partir en vacances?

– Oui, vous devez être impatients! ajoute ma mère. Ambroise, pose ce téléphone, et toi Émilie, ferme ton ordi!

– Lulu, tu as entendu ta mère? insiste mon père.

– Mais elle ne m'a rien dit à moi, proteste l'intéressé qui ne lève même pas les yeux de sa console.

– SUFFIT, Lulu, grogne maman. Toi aussi tu débranches!

Notre petit frère ne se fait pas souvent gronder et on le sent un peu perdu. Ambroise en profite pour envoyer un nouveau SMS. Et moi, je reprends ma lecture sur ordi. Un nouveau cri de maman nous fait tous sursauter.

– Éteignez TOUT, j'ai dit, lance-t-elle d'un ton menaçant. Je ne veux plus un seul appareil connecté pendant que je parle!

– Alors enlève ta montre aussi, lâche Ambroise en haussant les épaules.

Maman ne relève même pas. Mes parents se regardent, ils ont l'air super nerveux pour des personnes prêtes à nous annoncer notre prochaine destination de vacances.

Évidemment, tout en fermant l'écran de mon ordi, je repense à mon mauvais pressentiment à propos de ce voyage.

– Alors, huuum, reprend notre père en s'éclaircissant la voix. On a pensé avec votre mère que…

– Nous sommes dans une situation préoccupante, continue ma mère.

– Et quand on dit « nous », on vous englobe bien sûr. On pense à toute la famille. À nous cinq.

– Oui, c'est important de le faire remarquer, Sébastien, tu as raison.

– Merci Céline. J'aime bien être précis.

Lucien, Ambroise et moi, on fait EXAC-TEMENT la même tête au même moment. On lève les sourcils d'un air inquiet.

– Donc, reprend mon père, vu notre inquiétude, on a imaginé les vacances les plus « détente » au monde.

– Oh oui, ce sera tellement coool ! précise maman.

Pourquoi le mot «cool» résonne-t-il si longtemps dans mes oreilles?

– Bon, lance Ambroise qui a toujours les sourcils froncés, vous la crachez votre pastille?

– Ambroise, on t'a déjà dit que tu n'es pas en train de communiquer avec tes copains et que «cracher sa pastille» n'est pas le terme adéquat quand on parle à ses parents, commente maman en colère.

– Oui, insiste mon père. Tu n'es pas du tout…

– Bon mais quand même! le coupe Lucien. Vous allez nous le dire où on va cet été, oui ou non?

– À La Chapelle-Saint-Chambon-sur-Chaisse! crient en même temps nos parents.

Un silence absolu suit cette annonce.

Le genre de silence qui glace le sang.

– C'est où, ça? je demande, un peu inquiète.

– Dans la Creuse! continue notre père enthousiaste. Mais ce qu'il faut vous dire, et c'est là que va apparaître l'aspect renversant de nos vacances, c'est qu'on va y faire une détox numérique !

– Incroyable, non ? insiste notre mère en secouant la tête.

Le silence envahit à nouveau la pièce. Ambroise semble réfléchir intensément. Ensuite, d'une voix chevrotante, il chuchote :

– Bon, détox... C'est le contraire de l'intox. Et numérique, ça concerne... le...

– Le Net ! Les réseaux ! Les ondes négatives qui envahissent notre vie du soir au matin ! crie papa cette fois-ci.

– Oui, les enfants, ajoute maman d'une voix exaltée. Rendez-vous compte à quel point nous sommes tous ultra-connectés ! On ne se parle plus, on se « SMS ». On ne photographie plus, on « instagrame ». On ne fait plus de commentaires en direct, on « facebookise »... On ne pense plus tout haut, on « tweete ».

– OK, continue Ambroise avec une voix encore plus chevrotante. Et en clair, ça signifie quoi votre détox ?

– Deux semaines dans des chambres d'hôtes de rêve au bord d'une petite rivière. Au programme : « zéro réseau », explique notre père. Mais des tonnes d'activités.

– Exactement, renchérit notre mère. On va ENFIN se couper du monde. On va vivre tous les cinq en harmonie, se ressourcer, réfléchir, parler, marcher, pêcher, cuisiner, jouer, nager...

Mes parents se taisent. Ils nous observent l'un après l'autre, pleins d'espoir. Je crois qu'ils attendent un « hourra » général.

En fait, on est anéantis.

– Mais... je pourrai quand même jouer avec ma *game-boy* ? demande Lucien.

– Ah non mon chéri, lui répond maman. Plus de réseau mais plus d'écrans non plus, plus de téléphone... On se coupe de toutes les ondes négatives pour refaire le plein d'énergie.

C'est à ce moment-là que je réalise que je ne vais plus pouvoir aller sur Facebook.

ADIEU la connexion vingt-quatre heures sur vingt-quatre avec mes copines !

ADIEU tout espoir de voir apparaître une icône qui me relie à Sam...

— Alors, qu'en dites-vous de cette détox ? nous demande maman tout sourire.

— C'est trop nul ! lâche Lulu d'un ton geignard.

— Y a une option sans enfants ? demande Ambroise, complètement avachi sur le canapé, terrassé par la scène qu'il est en train d'imaginer.

— Vous avez VRAIMENT réservé de façon définitive ? j'insiste pour enfoncer le dernier clou.

— Bien sûr, conclut ma mère. C'est nécessaire et positif pour tous.

— En plus, insiste mon père en se tournant vers mon frère aîné, tu as eu des résultats catastrophiques en classe ce dernier trimestre et vu le temps que tu passes sur le réseau, tu étais...

— Oui mais moi, j'ai très très bien travaillé à l'école et vous me punissez quand même, gémit Lucien.

Maman se précipite pour prendre dans ses bras sa dernière merveille et s'ensuit tout un discours sur Internet qui ravage nos pauvres cerveaux en pleine construction.

– Vous pouvez parler! je lâche, indignée. Qui prend son petit-déj' en répondant à ses mails? Sûrement pas nous!

Mon père déclare d'un air grave:

– Voilà pourquoi on a décidé de dire STOP. On a tous besoin d'un nouveau souffle. On souhaite que vous nous suiviez sur cette voie.

Fin de cette scène d'annonce apocalyptique...

Toujours pas la moindre invitation sur mon compte FB!

⚠ **Dans la Creuse, il existe un village qui porte le doux nom de La Chapelle-Saint-Chambon-sur-Chaisse.**

(Franchement, il ne faut pas avoir de cheveu sur la langue pour habiter là-bas. Vous imaginez celui qui n'arrive pas à prononcer les «ch» et qui vit dans ce village?).

Mes parents ont décidé que nous allions vivre quinze jours dans ce lieu que PERSONNE ne connaît et où il ne se passe JAMAIS RIEN.

Mais LE PIRE, c'est que là-bas, il va falloir renoncer à toute connexion, quelle qu'elle soit! On appelle ça une «détox numérique».

Adieu réseau, adieu ordi, adieu consoles, adieu portable, adieu vie moderne.

Adieu mes fidèles followers. Adieu mes contacts. Adieu mes copines chéries.

Bonjour vacances pourries.

Serez-vous toujours là à mon retour d'entre les morts?

Difficile d'être plus explicite. Tous mes amis sur FB vont savoir que je m'apprête à vivre un cauchemar.

J'ai aussi posté une vidéo de morts vivants qui marchent dans une rue déserte.

C'est ma famille et moi d'ici quelques jours.

ÉMILIE RAMIER sur Facebook

27 JUIN

Je ne compte plus les commentaires qui ont suivi mon post « 15 jours sans réseau ». J'ai battu mon record. Mon cœur a de nouveau sauté dans ma poitrine puisque Sam a liké ma vidéo de zombies. Bon, il ne m'a pas invitée pour autant pour les vacances... Mais de like en like, qui sait où on peut arriver ?

Euh, nulle part en ce qui me concerne puisque FB c'est fichu !

Je n'arrive pas à y croire. Comment imaginer que je puisse tenir ne seraient-ce que DEUX JOURS sans parler avec mes copines chéries ? Sans qu'on s'envoie des photos ou des SMS ? Sans un seul Message Privé ?

On fait des tonnes de selfies, elles et moi, en ce moment. Je vais en être privée d'ici peu, alors je prends de l'avance. J'en ai douze avec Théana, dix-sept avec Juliette, vingt-trois avec Coralie et sa jumelle... J'ai même posté sur mon compte une photo avec Alice, et pourtant j'ai du mal à la supporter, c'est dire !

J'ai beau réfléchir, je ne vois pas comment on peut vivre sans être connecté avec les gens qu'on aime. J'ai essayé d'expliquer ça à mes parents, mais autant parler à un mur. Et encore, un mur est plus compréhensif !

人 Imposer quinze jours sans réseau à ses enfants, c'est comme refermer la vitre juste au moment où une mouche veut s'envoler et la regarder s'écraser lourdement au sol.
Au niveau cruauté, on est sur le même plan.

Je me suis creusé la tête pour trouver une solution. J'ai même téléphoné à mes grands-parents pour qu'ils m'hébergent. Mais évidemment, selon eux, la détox numérique est une excellente idée pour nous.

– Ma chérie, tu vas enfin connaître le bonheur de vivre les choses en temps réel, a affirmé mamie. Plus d'écran entre toi et la vraie vie. C'est le luxe absolu.

Bon, ce n'est pas le genre de citation que j'ai envie de mettre sur FB.

LE PIRE, c'est que Théana est elle aussi en contact avec la bande des troisièmes du collège Saint-Jean ! Elle a même échangé un MP avec Zack, le copain de Sam ! Elle nous a envoyé douze SMS chacune, les copines et moi, pour nous prévenir. Si ça se trouve, pendant mon séjour elle va continuer à échanger sur FB et sortir avec lui !

Tandis que moi, je vais peut-être tricoter ? Ou pire, filer la laine, comme Cendrillon avant moi.

On fait quoi en détox ?

⦸ Ma grand-mère pense que sans réseau, on est dans la vraie vie. Je vais lui interdire de fumer la moquette.

Vingt-cinq likes en quelques minutes.
J'étais en train de devenir une vraie star sur FB et mes parents vont ruiner ma carrière...
Encore un MP de Théana.
Zack la trouve jolie.
Je hais les vacances.

ÉMILIE RAMIER sur Facebook

3 JUILLET

⛈ **Que glisse-t-on dans sa valise quand on part dans un trou perdu sans réseau?**
Une pelle pour creuser sa dernière demeure.

Ceci est l'un de mes derniers posts avant mon retrait de la vie réelle.

Dire que j'en tremble n'est pas de l'exagération.

Hier, j'ai discuté avec Ambroise de l'horrible tragédie qui s'abat sur nos vies.

Pour lui, on est comme des religieux qui vont entrer au couvent.

– J'imagine très bien ce qui nous attend, a-t-il déclaré d'une voix lugubre. Tu nous vois tous les cinq marcher au bord d'une rivière? Jouer à la bataille navale? Ou cuisiner un pot-au-feu?

Comme j'ai soupiré très fort, Ambroise a pris une mine encore plus tragique.

– Deux semaines. Je vais devenir dingue.

«Tu l'es déjà.»

En fait, je ne lui ai pas dit, mais je l'ai pensé si fort qu'il a dû m'entendre.

– Le pire, c'est que je vais louper tous les entraînements. En plus il y a une compète méga importante!

(Là, il ne parlait pas de judo évidemment...)

– Et sans moi, ma *team* va perdre un max de points en quinze jours!

(Là, il ne parlait pas non plus de points sur sa moyenne scolaire.)

– On allait se qualifier pour la finale nationale...

J'ai essayé d'être la plus compréhensive possible en hochant la tête, avant de lui parler de mon compte FB et de mes copines chéries. Mais, fidèle à lui-même, Ambroise a haussé les épaules. Pour lui, seul *The Way to War* mérite son attention.

    ⚇ **Que fait-on privé de réseau au fin fond de la Creuse ?**
On passe ses journées à compter les heures qui nous séparent de notre retour.

J'ai jeté un œil sur le compte de Juliette qui est déjà partie en vacances. Elle est à Bandol. Elle a changé sa photo de profil. Elle en a posté une sur laquelle elle est en maillot au bord de l'eau. Trop belle ! Évidemment, elle, elle a des parents normaux qui ne la forcent pas à couper tout lien avec le numérique pendant ses vacances. Elle va continuer à parler avec toutes mes autres copines pendant que moi, je serai TOTALEMENT ISOLÉE.
    L'horreur totale !
    Il va se passer des milliards de choses pendant mon absence et je ne serai même pas au courant !

Hors de question!

J'ai décidé de lutter.

Et pour ne pas sombrer dans l'ennui mortel, il va falloir que je trouve des stratégies.

Dès que je serai à La Chapelle-« Saint-ch-ch », je noterai quotidiennement mes impressions. Ce sera une sorte de carnet de route, à la manière des premiers aventuriers qui partaient sur des terres inconnues. Je vous décrirai fidèlement les stratagèmes secrets que je mettrai en place pour garder une connexion avec la civilisation.

Une sorte de journal de bord pour survivre dans un monde hostile.

👤 **Le «total no réseau» ne passera pas par moi.**

Comptez sur moi pour vous donner de mes nouvelles.

IMPOSSIBLE DE ROMPRE LES LIENS QUI M'ATTACHENT À VOUS.

Journal d'ÉMILIE RAMIER

JOUR 1

7 juillet, 19 heures

Je me retrouve un stylo entre les mains (beurk, j'ai l'impression d'être revenue au collège !) en train d'écrire dans un carnet à spirale.

Ceci est MON témoignage. Et évidemment, je vais trouver le moyen de le publier.

Je ne compte pas attendre mon retour dans le monde « normal ». Parce que ici... comment dire ?

J'avais annoncé l'I-NI-MA-GI-NA-BLE.

Eh bien, c'est encore pire et ça n'a pas de nom.

Je vais commencer par le commencement.

Passons sur le voyage vers La Chapelle-Saint-ch-ch pendant lequel nous avons très peu « échangé », comme d'habitude. Il est extrêmement rare que nous ayons de longues conversations dans ma famille. Ambroise était en apnée sur son portable, il a tenté le record du monde d'envois de SMS.

– Tant qu'à vivre mes dernières heures dans la civilisation moderne, autant le faire à fond, a-t-il déclaré. Dans H moins des poussières on entre dans le Moyen Âge.

Lulu avait un jeu à finir sur la *game-boy* et il n'a guère levé les yeux de son écran.

– Pour l'instant on est encore dans la voiture ! a-t-il expliqué à maman qui râlait.

– C'est une zone « neutre » comme la Suisse ! a ajouté Ambroise.

Quant à moi… je n'avais pas mon ordi puisque je l'ai caché au fond de ma valise (sous la doublure, impossible à trouver !).

J'ai joué à quelques jeux sur mon téléphone mais impossible d'accéder à mon compte FB (j'espère encore un MP de Sam... Et je sais que Juliette a posté de nouvelles photos de ses vacances) parce que sur la route, le réseau n'arrêtait pas de sauter. Comme un avant-goût de ce qui nous attendait.

Justement... Ce qui nous attendait...

On n'a même pas eu le temps de se préparer à arriver qu'on était déjà... garés! On a fini par jeter un œil dehors pour constater qu'on faisait face à une très grosse bâtisse en pierre, entourée d'un parc gigantesque.

– Oh! Une cage de foot! a lâché un Lulu enchanté.

Mes parents souriaient en regardant de tous côtés.

– La nature, enfin, a murmuré mon père.

– Oh ouiii! De l'herbe, des arbres, a ajouté ma mère.

– Des oiseaux cui-cui, des vaches meueuh, des moutons bêêêh! a commenté Ambroise en grimaçant.

J'ai mis un pied à l'extérieur. Il faisait très bon. J'avais espéré trouver de la pluie, de la neige ou des tornades. Histoire que mes parents aient envie de rentrer plus tôt. Mais l'été existe aussi en Creuse.

– Bienvenue à vous, a lancé une voix derrière moi.

Une sorte de fée virevoltante est venue à notre rencontre. Elle portait une tenue complètement improbable composée d'une jupe à volants sûrement à la mode au royaume des fées et d'un haut en dentelles et mousseline, le tout assez froufroutant. Ses cheveux étaient remontés en un savant chignon d'où s'échappaient quelques mèches folles.

– Oh la Tartignole, a chuchoté Ambroise, impitoyable.

– Comment allez-vous ? a continué la fée en agitant son chignon dans tous les sens. Avez-vous fait bon voyage ?

Mes parents lui ont serré la main, enthousiastes, en racontant « à quel point le chemin jusqu'à sa maison d'hôtes leur avait paru interminable tant ils avaient hâte d'arriver ».

– Nous, on aurait préféré le genre «route sans fin», a grogné Ambroise.

– Que dis-tu, jeune homme? a susurré la fée en se tournant vers lui. Je suis Capucine, ravie de faire ta connaissance.

Ambroise a tendu sa main en faisant une tête de cadavre. Une deuxième voix plus grave nous a interpellés.

– Vous voilà enfin! a lâché le mari de la fée qui portait, lui aussi, une tenue plutôt originale d'un point de vue couleurs. Je suis Alfred. Quelle joie de vous accueillir pour ces quinze jours de détox numérique!

D'un geste, le couple nous a invités à le suivre. En route, on a perdu Lucien qui a découvert qu'il y avait AUSSI un *baby-foot* et une table de ping-pong sur la terrasse.

– Pour les jeunes garçons, nous disposons d'une partie dortoir très appréciée, a expliqué la fée Capucine en ouvrant une porte.

On s'est retrouvés face à un vaste espace cloisonné avec une petite dizaine de lits tous bien rangés les uns à côté des autres.

– Et pour les jeunes filles, il existe des chambres doubles super sympas, a ajouté le lutin en ouvrant une autre porte un peu plus loin.

J'ai découvert l'endroit qui allait être mon ultime refuge pendant ces quinze jours épouvantables : une pièce peinte en mauve du sol au plafond.

– Si on n'aime pas le violet, on est hyper mal, j'ai murmuré à ma mère qui m'avait suivie.

– On vous laisse prendre vos aises, les jeunes, a déclaré le mari de la fée. On va installer vos parents.

J'ai fini par rejoindre mon frère aîné qui contemplait toujours le dortoir, bouche bée.

– Il est apprécié par qui, ce dortoir ? a-t-il fini par lancer d'une voix d'outre-tombe. Sûrement pas par des ados normaux ! Hors de question que je dorme avec le Lilliputien à côté. Il va me parler toute la nuit.

– C'est joli ce dortoir, mais c'est...

– C'est joli ce dortoir, a répété Ambroise en imitant ma voix. Mais tu t'entends ? Tu délires, Émilie ! Rien n'est beau ici, tout est ouf. Tu as vu la tête des propriétaires ? Tu as entendu leurs prénoms ? Alfred et Capucine ! Pourquoi pas Childéric et Hildegarde tant qu'on y est ! Tu as remarqué la tenue du lutin avec son pantalon vert ? C'est un vert qui n'existe même pas chez les verts. Je suis sûr que les autres verts en ont honte…

Ambroise a secoué la tête et s'est allongé sur son lit en serrant son portable dans la main.

– Il va falloir qu'il coure vite, le lutin, pour me piquer mon téléphone ! a-t-il grogné. C'est mon dernier lien avec le monde des gens normaux.

En réalité, la fée et son mari ont mis moins de dix minutes pour faire disparaître de notre vie toute connexion avec la vie réelle.

Il n'y a eu aucune violence et nous avons « rendu les armes » avec le sourire. Je suis sûre que Capucine a obtenu le diplôme de la fée la plus gracieuse…

Elle nous a réunis dans le salon et elle nous a encouragés à déposer tout ce qui nous relie au monde extérieur dans un gros panier en osier.

– Elle l'a piqué au Petit Chaperon Rouge, m'a chuchoté Ambroise qui avait l'air étonnamment détendu. Au passage, elle a dû aussi lui voler sa galette.

– Oh oh, a lancé l'intéressée tandis qu'elle détaillait ce qu'on avait posé dans son panier, j'ai bien peu d'appareils pour une si grande famille.

Mon père a sorti un autre téléphone de sa poche et ma mère s'est souvenue de sa montre connectée.

– Papa a aussi oublié de donner son iPad mini! a crié un Lulu tout excité.

Notre père un peu rouge a regagné sa chambre.

Comme Ambroise ricanait, Alfred le lutin a déclaré :

– Vous feriez bien d'aller fouiller dans vos sacs, vous aussi, les jeunes. Je vous signale qu'il n'y a pas de box ici donc il n'y a ni WI-FI ni réseau. Par contre, j'ai un moyen de scanner le moindre réseau dans la maison et j'ai déjà repéré des appareils cachés. Ce serait dommage de commencer le séjour en trichant.

Là Ambroise a arrêté de rire.

Je crois même qu'il a arrêté de respirer.

Voici un aperçu de notre entrée dans le monde des fées et des lutins.

On vient d'y plonger direct !

J'ai restitué bien sagement mon ordi (sans moyen d'accéder au réseau, il m'est inutile !) tandis qu'Ambroise retrouvait un «vieux portable tombé par hasard dans la poche avant du sac à dos».

On est à La Chapelle-Saint-ch-ch depuis exactement quatre heures et je suis déjà en manque. Tout à l'heure, en passant à côté de la rivière (il y en a une en bas de la maison d'hôtes mais l'eau doit être à deux degrés max !), j'ai eu envie de faire un selfie… avant de réaliser que ça allait être IMPOSSIBLE PENDANT QUINZE JOURS. Ça m'a mise dans un état proche de la crise d'asthme (la spécialité de Lulu quand il y a trop de pollen)! J'ai eu un nœud dans la gorge comme si j'allais étouffer.

J'ai respiré plusieurs fois par le ventre pour me calmer. Ambroise a raison, on va devenir dingues! Il a d'ailleurs une mine lugubre. Il vient d'entrer dans ma chambre et, en me voyant allongée sur mon lit en train d'écrire, il m'a demandé si je rédigeais mes Mémoires.

– Oui et je compte les appeler *La vie de Lili Ramier sans réseau ou quinze jours au pays de la mort qui tue.*

– Ouais, a gémi mon frère. Perso, je les nommerais plutôt «Au secours, barrons-nous!». Ou «Je vous jure que je vais péter un plomb».

Il s'est allongé sur mon lit avant de murmurer:

– Non, ce violet sur les murs c'est trop violent, je me casse!

Voilà où j'en suis.

Isolée, sans AUCUN MP de mes copines, avec zéro nouvelle en provenance du monde extérieur, je dois en plus supporter une chambre qui va me rendre aveugle.

Bienvenue en vacances !

🙂 ÉMILIE,
qui est l'ombre d'elle-même.

Journal d'ÉMILIE RAMIER

JOUR 2

8 juillet, 21 heures

Le violet, je ne supporte déjà plus !

Je voulais faire une annonce brève mais efficace au petit-déjeuner du type « La chambre mauve, c'est mort. Je passe déjà mes vacances sans réseau, je ne vais pas en plus m'abîmer la vue avec une couleur immonde ! ». Deux événements ont complètement éclipsé ma plainte.

Pour commencer, mes parents avaient déjà fini de déjeuner quand on est arrivés dans la cuisine et ils la quittaient en tenue de sport. Pour info, je n'ai JAMAIS vu mes parents en jogging depuis que je suis née.

– Vous vous entraînez pour les prochains J.O.? a demandé Ambroise en s'affalant sur une chaise. Dangereux, passé un certain âge...

– Votre père et moi, on a décidé de s'inscrire au cours de yoga d'Alfred, a expliqué notre mère en refaisant ses lacets. Vous n'avez pas lu le tableau?

– Moi perso, sans écrans, je suis aveugle et sourd, a commenté mon frère d'une voix sinistre.

– Eh ben moi non! a lancé Lucien tout joyeux. Je me suis inscrit au ping-pong et au *baby-foot*. Et aussi à l'activité pêche de cet aprèm'. Et j'ai envie de...

– Mais où as-tu vu tout ça? j'ai demandé exaspérée.

Lucien nous a fait signe de le suivre et on a découvert un tableau. Chaque matin, la fée et le lutin proposent des activités. Chacun est libre ou non de s'inscrire dans les cases correspondantes qui vont de Yoga à Cours de cuisine ou Séance de pêche et Découverte de la flore. Ambroise a saisi le stylo Velléda et il a écrit mon prénom dans toutes les cases en ricanant. Il m'a même inscrite trois fois dans la case du jour « La nature et moi ». J'étais en train de lui courir après pour lui arracher la brosse des mains quand le deuxième événement de la journée m'a stoppée sur place. Une NOUVELLE FAMILLE est arrivée !

– Mes amis, a crié Capucine en les accueillant. Comme je suis heureuse de vous revoir !

– Oh non, a grogné Ambroise en jetant un œil dehors. La fée et le lutin ont appelé des renforts. Les « Tartignole » sont au complet.

Les nouveaux arrivants semblaient débarquer d'une planète en dehors de notre système solaire. Les parents ont déchargé un coffre rempli de… sacs de sport d'où s'échappaient des raquettes et des tubas. Leur fille, qui paraissait avoir l'âge d'Ambroise, portait le style de robe que j'ai arrêté de mettre en CE2. Sur son dos, un sac à bretelles était couvert d'autocollants de toutes sortes mais celui qui se voyait le plus affichait un NO WI-FI NO RÉSEAU NO RAYONS.

– C'est quoi ce look? a grimacé Ambroise en la dévisageant.

– On a affaire à LA famille typique qui ADORE les détox numériques, ai-je déclaré. Ils vont nous donner des leçons.

– Ouais, sûrement, a ricané Ambroise. Bon, c'est pas tout ça mais je pars à la chasse au réseau, moi!

Comme je le regardais sans comprendre, il a mis un doigt sur la bouche et a juste chuchoté «chhhh» en s'éloignant.

J'ai soudain réalisé qu'il y avait DEUX lits dans MA chambre!

J'ai couru chercher mes parents pour leur expliquer que j'avais déjà une chambre moche et que je ne souhaitais pas, en plus, la partager avec une mini-fée échappée de la planète Onnébiensanrézo.

Malheureusement, mon père et ma mère avaient rejoint le cosmos… Si Capucine est une fée super gracieuse, son mari est un lutin tout droit venu des Indes. Une sorte de Maharadja de la méditation !

Quand mes parents sont sortis de la salle « yoga/détends-toi/c'est cool la vie », on aurait dit qu'ils rentraient d'un voyage lointain. Maman était calme, elle souriait tout en donnant la main à mon père qui avait un air encore plus béat.

En les voyant dans cet état, je me suis dit qu'on avait sûrement atterri dans une secte et qu'on allait ressortir de ce séjour dans l'état et avec le look de la famille Tartignole.

Il fallait que je réagisse sans tarder. Du coup, je suis partie en courant sur les traces de mon frère, bien décidée à rejoindre avec lui le monde normal des connectés, même si, pour cela, je devais passer tout mon séjour avec un ado inintéressant.

J'ai mis du temps à le retrouver. Il était tout au bout de la propriété et il longeait le mur d'enceinte très lentement, le dos légèrement plié.

– Baisse-toi, Lili, m'a-t-il chuchoté dès qu'il m'a vue. Tu vas nous faire repérer.

Je me suis rapprochée en courbant le dos. Ambroise avait un portable à la main !

– Mais… il t'en reste un ? ai-je demandé, étonnée.

– Tu crois VRAIMENT que j'allais tout filer à la fée ? Quand je suis dans la maison, je le mets en mode avion et personne ne me repère ! Là, j'essaie de capter du réseau. Et j'en ai un peu… Oh oh… Je crois que j'y suis presque.

Ambroise avançait de plus en plus vite, un peu comme un chercheur d'or.

On s'est retrouvés face à un local poubelles, juste au bord de la route.

– Je capte ! a-t-il déclaré d'un air épanoui. Je capte ! YES !

Ensuite, il est carrément entré dans le local, puis il a grimpé sur un grand bac en plastique.

– C'est mieux en hauteur, a-t-il annoncé.

Il faisait une chaleur de dingue et ça sentait super fort à côté des poubelles.

– Cooool, l'endroit pour communiquer ! je lui ai fait remarquer.

Ambroise ne m'entendait plus. Il pianotait comme un fou sur son portable.

– Oh c'est pas vrai, a-t-il murmuré. J'ai un MP de Petitdingo, on est montés dans le classement et il y a un *deathmatch* de folie ! Un *Single Player* en mode *shoot'em up* !

À première vue, on pourrait penser que mon frère a sombré du côté sombre de la force. Mais c'est juste une suite de mots utilisés par les *gamers* et j'ai fait comme si je comprenais très bien avant de chuchoter :

– Tu peux me laisser me connecter à…

Je n'ai pas eu le temps de finir ma phrase. On a entendu des pas et on s'est affalés tous les deux derrière le local pour ne pas être repérés. Capucine portait un sac-poubelle et elle était accompagnée de l'ado tout juste arrivée.

– Il me tardait de revenir chez vous ! a déclaré celle-ci. Toute l'année, j'ai repensé à votre maison.

– Tu te souviens, au début de ton séjour l'an dernier, tu n'étais pas de cet avis ! On t'avait retrouvée debout sur la…

On n'a pas pu entendre le reste de la conversation puisque le duo s'est éloigné à grands pas.

Ambroise s'est relevé, en colère.

– En être réduit à ramper par terre pour pouvoir se connecter, a-t-il grogné en secouant son short plein de terre. Maison de ouf !

Des cris provenant de la maison d'hôtes ont retenti. Nos parents nous cherchaient. On les a rejoints et on s'est rendu compte, horrifiés, qu'ils avaient planifié le reste de la matinée pour nous ! Comme s'il ne suffisait pas qu'on soit privés de réseau, ils se sentaient obligés de remplir nos emplois du temps…

– On a eu une chouette idée, votre mère et moi, nous a expliqué notre père. On a envie de partager un moment en votre compagnie.

Ambroise a levé un sourcil.

– On va embarquer sur la rivière en bas, a précisé papa. C'est la Chaisse.

– Et en plus, on va faire une course ! a lancé Lucien tout excité. Vous deux avec Élise contre papa, maman et moi !

– Et c'est qui Élise ? j'ai demandé.

Ambroise a failli s'étrangler quand la réponse à ma question a débarqué en direct. Visiblement, mes parents avaient eu le temps de faire sa connaissance...

– C'est moi Élise ! Salut, a déclaré la nouvelle ado de la maison d'hôtes, qui nous a rejoints avec une tenue « Je suis dans la jungle je vais combattre le crocodile » complètement ridicule.

On s'est présentés mais ça manquait de chaleur de part et d'autre.

Une fois qu'on a été installés dans la barque, Ambroise s'est saisi des rames sans aucune conviction.

– Dépêche-toi, ils ont déjà au moins dix mètres d'avance ! a prévenu Élise en désignant la barque dans laquelle mon père ramait comme s'il était poursuivi par des Pygmées géants.

– Aucun intérêt, a décrété mon frère. On se croirait dans *Empire of Sun* version maternelle.

Élise a regardé mon frère sans comprendre. J'imagine qu'elle ne sait pas que c'est le titre d'un jeu auquel il s'adonnait l'année dernière et qui met en scène des courses méga violentes en hors-bord. Finalement, comme Lucien nous narguait de sa barque et que ça m'énervait, j'ai voulu prendre les commandes et je me suis levée pour m'emparer des rames. Sauf que j'ai glissé. Pour me maintenir debout, j'ai tenté de m'accrocher désespérément à la manche d'Ambroise.

J'ai fini dans l'eau.

Je confirme plusieurs infos :

☼ La Chaisse est super froide, même en été (maximum trois degrés).

🛒 Ambroise est nul quand il s'agit de sauver quelqu'un d'une mort certaine.

⤴ Mes parents ont gagné la course.

⏻ Eau glacée : 1 point / Émilie : 0 point… Je suis super malade depuis.

D'ailleurs, j'écris ces quelques lignes de mon lit.

Je me sens fiévreuse.

Ambroise affirme que j'ai dû attraper le mal des marais.

– Tu as été piquée par un moustique creusois, a-t-il affirmé en venant me rendre visite. Ils sont connus dans la région et ils peuvent te filer la peste ou le choléra. Tu peux l'écrire dans tes Mémoires. C'est cool parce que si jamais tu n'en sors pas vivante, tu auras eu le temps de témoigner avant…

Comme je grimaçais, il a essayé de me rassurer :

– Allez Lili, si tu passes la nuit, je t'expliquerai le plan d'enfer qui est sorti de mon cerveau génial.

Il a montré la poche de son short fermée par un bouton.

– Heureusement, tu n'as pas mouillé mon portable, a-t-il chuchoté. C'est pour ça que je t'ai laissé tomber sans rien faire, je ne voulais absolument pas que mon téléphone prenne l'eau. J'ai aussi une vieille tablette que papa avait oubliée dans un tiroir à la maison. Tu vois, Lili, je ne me laisse pas abattre.

Maman est arrivée à ce moment-là et elle l'a fait sortir de ma chambre pour que je puisse enfin dormir SEULE.

Seul privilège de mon état fébrile : le lit à côté du mien est resté vide et Élise a été installée dans une autre chambre.

– Ne t'en fais pas, ma louloute, a murmuré ma mère en me servant un verre de lait chaud. Tu as dû attraper froid ce matin en tombant dans la Chaisse. Tu as toujours été super sensible aux différences de température.

J'ai soupiré d'aise sous ma couette. Voilà des années que ma mère ne m'appelle plus sa « louloute »… Et des années aussi qu'elle ne s'est pas assise à mon chevet en caressant mes cheveux comme quand j'avais cinq ans.

LE VIOLET, **JE NE SUPPORTE DÉJÀ PLUS !**

En tout cas, j'ai risqué ma vie aujourd'hui. Mes premières vingt-quatre heures sans réseau ont laissé des traces. Si le moustique creusois me laisse la vie sauve jusqu'à demain, je compte retrouver un quotidien plus calme. Avec du réseau à la clé de préférence.

Je me vois déjà en train de poster quelques commentaires sur la fée et son mari. Et j'ai tellement hâte de savoir où en est Théana dans ses Messages Privés avec Zack. Sans parler des dizaines de photos qu'a dû poster Juliette depuis Bandol ! Rien que d'y penser, je suis sûre que ma température augmente...

Et ce violet sur les murs ne m'aide pas à être plus zen.

Au secours !

🙂 ÉMILIE,
qui compte bien survivre à la maladie des marais.

Journal d'ÉMILIE RAMIER

JOUR 3

9 juillet, 23 heures

Je dois d'abord préciser que je suis toujours vivante. Quand je me suis levée ce
matin, j'étais même en pleine forme.

Ambroise, lui, était d'une humeur massa-
crante. Comme d'habitude.

– Où sont les parents ? j'ai demandé en
attaquant un croissant avec appétit.

– Ils ont rejoint leur gourou pour la méditation, m'a-t-il répondu. Mais il y a bien
pire. Ils ont recommencé.

Comme je le regardais sans comprendre, Ambroise a précisé :

– On est encore inscrits dans une activité méga moisie ! Ils vont nous en trouver une par jour. Il faut absolument que je me barre d'ici.

Je suis partie jeter un œil au tableau. Toute la famille se retrouvait dans la même case « Gérer le numérique. Pourquoi ? Comment ? Atelier jeu ».

– Tu crois qu'on va faire des jeux de rôles ? j'ai lancé, amusée.

– Je n'en sais rien et je m'en balance ! Le jeu de rôles, je vais le vivre en vrai, a bougonné mon frère. Il y a un peu de réseau en bord de route. Je vais m'installer un camp retranché là-bas et je me débrouillerai avec la 3G. Pour une meilleure connexion, il faut que j'arrive à choper le code Wi-Fi des voisins. Je te garantis que vous n'allez pas me voir souvent.

J'allais lui dire que ça nous ferait de vraies vacances, du coup, quand Lucien a déboulé dans la cuisine.

– Cet aprèm', je vais apprendre à monter une tente avec papa et Alfred, a-t-il lancé, tout content, en s'asseyant à mes côtés.

– Super, tu me préviens dès que les Sioux arrivent, a commenté Ambroise. J'ai quelques services perso à leur demander. Surtout au niveau des scalps à couper.

Lulu a haussé les épaules tandis qu'Élise entrait à son tour dans la cuisine.

– Un bain matinal dans la Chaisse, ça réveille ! a-t-elle annoncé alors qu'on la fixait tous bouche bée.

Ses cheveux dégoulinaient encore et sa tenue ne faisait aucun doute : elle avait bien plongé dans les eaux glaciales de la rivière.

– Pour ceux que ça pourrait intéresser, mes parents ont apporté masques et tubas pour observer la faune et la flore.

Elle a piqué une pomme au passage avant de partir vers sa chambre.

– C'est normal qu'elle n'ait pas eu froid, j'ai commenté. Lorsqu'on vient d'un autre système solaire, on n'a pas les mêmes sensations dans l'eau...

– Quelle maison de ouf ici ！！ a déclaré Ambroise en se levant. Quand les parents redescendront de leur nuage méditation, avertis-les que je suis parti faire un truc au village. Leur activité Gérer le numérique, très peu pour moi !

– Mais faire quel genre de truc ？ j'ai demandé bêtement.

– Je n'en sais rien, moi ! M'inscrire à la bibliothèque… Acheter des légumes bio… Chercher la paix intérieure, a grogné Ambroise. Ce que tu veux, c'est du pipeau de toute façon !

Lucien n'en perdait pas une miette.

– Je parie qu'en vrai, tu vas te connecter au réseau pour jouer à « zeoueilletouar », a-t-il lancé d'un air grave.

– Si tu répètes ce genre de chose, Lulu le Lilliputien, je t'envoie en orbite autour de la Terre, pigé ？ a grondé Ambroise. Et mon jeu c'est *The Way to War*, d'abord. Apprends à parler correctement anglais !

Mon petit frère est très sensible à de nombreux facteurs allergènes, mais les menaces d'Ambroise ne lui ont jamais fait peur.

– Tu n'es pas cap d'essayer de tenir deux jours sans téléphone, lui a-t-il répondu. Même papa y arrive, lui!

Ambroise n'a pas daigné se retourner. Il a quitté la cuisine sans un mot.

J'ai levé les yeux au ciel en regardant Lulu, comme si j'étais dans son clan.

En fait, j'avais juste envie de suivre Ambroise et de retrouver ma liberté d'avant.

Une troisième journée sans réseau s'annonçait et, même si elle démarrait avec des croissants, je savais qu'elle allait être HORRIBLEMENT longue.

– Mais toi, elle ne te manque pas, ta *game-boy*? Et la télé? j'ai demandé à Lucien qui affichait un sourire… déprimant.

– Ben si, un peu. Surtout quand je ne fais rien. Mais ici, je ne fais pas souvent rien.

Nos parents sont arrivés juste à ce moment-là et… Ambroise les suivait de près. Il n'avait pas eu le temps de disparaître, mon père l'avait « attrapé » au vol. Il faisait une tête!

– Prêts pour l'atelier de la première semaine? a demandé Capucine en passant la tête dans la cuisine.

Elle était joyeuse et pleine d'énergie, comme d'habitude. On l'a suivie à la queue leu leu vers une salle dite de repos et on a très vite réalisé que toute la maison d'hôtes avait rendez-vous au même endroit puisque Élise et ses parents nous ont aussi rejoints.

– Nous allons nous répartir en trois groupes, a annoncé la fée. Le premier sera composé des personnes qui se considèrent en grand manque du réseau, donc malheureuses depuis quarante-huit heures. Le deuxième, de celles qui ont réussi à passer le cap mais qui commencent à se sentir mal. Dans le troisième groupe, s'inscriront les personnes qui ne ressentent aucune difficulté pour l'instant.

Élise et ses parents se sont dirigés sans une seconde de doute vers le groupe numéro 3. Ambroise a traîné des pieds vers le 1. Capucine attendait la suite en souriant. Mes parents avaient l'air d'hésiter.

Finalement, le reste de ma famille s'est dirigé vers le groupe 2 et j'ai fait de même. Ambroise a articulé en silence un « Menteuse » à mon intention.

– On y est ! s'est écriée Capucine. Je propose donc la chose suivante : les participants du groupe 3 vont essayer de nous donner des pistes qui expliqueraient leur bien-être malgré ce sevrage numérique imposé. Je vais animer la discussion puisqu'il y aura forcément des critiques, des doutes. C'est la force du dialogue et nous sommes là pour ça, n'est-ce pas ? Nous finirons par un jeu de rôles qu'Alfred vous proposera sur la terrasse. En général, les participants s'amusent beaucoup et en redemandent.

J'ai vu qu'Ambroise évaluait la distance qui le séparait de la porte.

– Commençons par les adultes, a continué Capucine. Je vous dis « réseau », vous me répondez ?

– « Contraintes », a affirmé le père d'Élise d'un air convaincu. « Enfermement », « repli ». Ici, on apprend à redécouvrir une dimension de soi qu'on avait oubliée. On se surprend à redevenir contemplatif.

– On reprend le contrôle de soi, a ajouté sa femme. C'est un renouveau essentiel. Et pour la symbolique, nous débutons la matinée par un bain dans l'eau fraîche qui nous prépare à recevoir les ondes toutes positives de la journée qui nous attend.

Mes parents écoutaient, béats.

– C'est exactement la raison pour laquelle nous sommes venus ici, a précisé ma mère en souriant. Nous avons envie de trouver de nouvelles racines.

– Genre « On est des plantes », a murmuré Ambroise suffisamment fort pour être entendu.

– La parole est aux jeunes ! a lancé Alfred en se tournant alors vers nous.

– Pour ma part, après une phase aiguë de manque l'année dernière, j'ai pu finalement me rendre compte que plonger dans un monde sans réseau pour une période limitée me faisait plus de bien que de mal, a déclaré Élise. Accepter de se couper du réseau, c'est se retrouver face à soi-même. Cela peut être douloureux pour certains. Surtout quand on a un monde intérieur un peu vide.

Élise regardait Ambroise bien en face en prononçant ces paroles.

– Ce qui est douloureux pour certains, c'est d'être obligé d'écouter une fille de ton âge parler comme une vieille, a lancé Ambroise dont les naseaux fumaient de colère. J'ai l'impression d'entendre ma prof de français qui est partie en retraite cette année ! Mme « Pourmapart » et tous les autres, ciao !

Ambroise est sorti de la salle en levant la casquette qu'il n'avait même pas enlevée.

Sa colère a mis un peu d'ambiance puisque tout le monde s'est mis à parler en même temps. Mes parents ont évoqué « une crise d'ado qui durait » et les parents d'Élise ont hoché la tête d'un air compatissant. Capucine a tapé dans ses mains comme une maîtresse devant des élèves trop agités.

– Ambroise est un peu à fleur de peau, c'est de son âge et Élise peut le comprendre, n'est-ce pas?

Mme « Pourmapart » a acquiescé en silence. C'est drôle, je la sentais mal à l'aise, mais plus dans le registre coupable que victime.

On est passés directement à l'activité suivante pour retrouver un peu de sérénité. Là aussi, le jeu de rôles s'est soldé par un échec total. Lulu était censé se mettre à la place de nos parents «luttant contre nos écrans».

– Mais papa et maman ne nous interdisent presque jamais les écrans puisqu'ils y sont tout le temps connectés, eux aussi! a lâché mon frère, nature.

Mes parents ont semblé gênés. Alfred leur a alors demandé de jouer «des ados surconnectés». Ma mère a répondu en riant jaune qu'elle avait «passé l'âge de jouer à l'ado». Elle est de plus en plus susceptible quand on parle de son âge…

Les ateliers jeux ne sont pas allés plus loin.

Capucine ne s'est pas départie de son sourire (ma théorie, c'est qu'elle sourit AUSSI en dormant).

– C'est ce qui fait le charme de ces cures de détox numérique. On rencontre des familles complètement atypiques, a-t-elle lâché.

Je ne sais pas si on doit prendre ça comme un compliment.

Mes parents avaient l'air moins détendus qu'après la séance de yoga en tout cas.

Moi, je n'avais plus qu'une envie, m'enfuir en courant, monter dans un train et retrouver la maison ! Je suis bien certaine que pendant cette séance « gérer le numérique » complètement inintéressante, le reste du monde continuait à poster des infos passionnantes sur le Web. Et la VRAIE vie continuait sans moi. Peut-être que Sam s'était mis à m'envoyer des MP ?

Je suis partie à la recherche d'Ambroise puisqu'il m'avait confié vouloir retrouver du réseau à tout prix. C'est le seul qui me relie encore au monde des connectés.

J'ai marché un bon moment dans le parc, en bordure de propriété. Je me suis enfoncée dans un sous-bois et je suis tombée en arrêt devant une minuscule cabane faite de palettes en bois et de branchages. J'ai jeté un œil à l'intérieur.

Et j'ai tout de suite compris.

Ambroise avait installé sa base de résistance perso. Il y avait ses barres de chocolat préférées et son gros pull en polaire.

Il m'a rejointe alors que je rebroussais chemin.

– Tu comptes y passer tes journées ? je lui ai demandé en désignant sa cabane.

– Elle était déjà là quand je suis arrivé. En mauvais état, mais déjà là… C'est une première étape, m'a-t-il répondu. La suite, c'est le code Wi-Fi du voisin d'à côté pour pouvoir surfer en toute tranquillité. Il y a du réseau ici, mais il est loin d'être stable. J'ai bien l'intention de participer à une *battle* en solo.

Du coup, je suis restée un moment avec lui dans son abri, mais j'ai dû attendre une éternité pour pouvoir me connecter à mon tour. Mon frère était accroché à son portable comme un naufragé à une bouée. Le partage est une notion très vague pour lui et la vieille tablette de mon père était toujours cachée dans sa chambre.

Quand il a enfin consenti à me prêter son portable, j'ai pu lire mes MP. Grosse déception ! Aucune nouvelle extraordinaire ne m'attendait. Juliette a posté deux photos. Judith s'ennuie. Coralie est muette et Théana n'a aucune nouvelle de la bande des troisièmes.

Je voulais poster ma pensée du jour pour réactiver un peu mes likes mais je n'ai pas eu le temps.

La connexion a sauté et mon frère a poussé des cris de bête.

– Je te préviens Lili, il n'est pas question que tu squattes MON portable, pigé ? Comment tu veux que je puisse m'entraîner correctement pour mon *deathmatch* si tu es collée à moi comme le coquillage au rocher ?

– Tu n'as qu'à me passer la tablette de papa au lieu de TOUT garder comme un gros radin ! j'ai crié plus fort que lui. Moi aussi j'ai une vie sur Internet, figure-toi.

Ambroise m'a regardée comme si j'étais VRAIMENT un coquillage.

J'ai fait demi-tour et je suis retournée à la maison où j'ai croisé Élise qui lisait, allongée dans un transat sur la terrasse.

– Ça va ? m'a-t-elle demandé avec inquiétude. Tu as l'air super énervée.

– C'est mon frère, j'ai grogné. Je rêve de le ficeler dans une barque sur la Chaisse et de l'envoyer au loin pour un voyage sans retour.

– Tu parles du grand, j'espère ? Parce que j'adore ton petit frère. Je le trouve super mimi. On vient de faire un scrabble tous les deux.

J'ai ressenti comme une petite pointe de jalousie. C'est MON petit frère et Élise n'a pas intérêt à se l'approprier ! Alors j'ai rejoint mon Lulu à moi et on a fait un méga tournoi de ping-pong.

Ce soir, je suis « sa sœur préférée du monde entier, adorée plus que tout ». J'aurais bien posté sa phrase sur mon compte FB si j'avais accès au réseau.

Pour l'instant, je continue à écrire dans ce carnet à spirale même si je n'abandonne pas complètement l'idée de faire partager mes aventures à mes copines chéries.

Il faut que je pense à un plan, moi aussi. Je ne vois pas pourquoi Ambroise serait le seul à bénéficier du Wi-Fi du voisin.

Pour ce soir, je m'arrête là. J'ai super mal à la main. J'avais oublié comme ça fatigue d'écrire…

ÉMILIE,
connectée vingt minutes aujourd'hui.
Espère mieux demain?

Journal d'ÉMILIE RAMIER

JOUR 5

11 juillet, 9 heures

Deux jours sans écrire dans ce carnet à spirale !

Côté connexion, malheureusement, pas de nouveauté. Je dirais même qu'on est en plein recul. Mais par contre, qu'est-ce que j'ai ri !

Un petit flash-back est obligatoire pour comprendre la situation actuelle.

Tout est parti de Lucien en fait. Depuis qu'on est arrivés dans cette maison d'hôtes, il ne tient pas en place. Je ne suis pas super forte pour les analyses mais dans le cas de mon petit frère, c'est une évidence : les écrans le rendaient beaucoup plus calme. S'il ne se pose pas devant sa console ou la télé, il est monté sur ressorts.

– J'ai eu une super idée et j'en ai parlé à papa et maman, nous a-t-il lancé avant-hier au petit-déjeuner. On va faire une super activité tous les trois ! Super, non ?

– Ah, et c'est quoi ? j'ai demandé, méfiante.

– On va partir camper, a annoncé notre petit frère d'un air triomphal.

– Même Pas En Rêve, a répondu Ambroise très calmement.

– Oui mais papa, il a dit que…

– Demande-lui de t'accompagner justement, ce sera cool, j'ai suggéré à Lucien.

– Demande à maman aussi, a insisté Ambroise. Vous pourriez partir deux ou trois jours. Et si ça vous plaît n'hésitez pas à rester la semaine entière.

Ambroise se voyait déjà sans les parents, en train de squatter son abri antiatomique connecté. La discussion s'est arrêtée là.

Sauf que le pouvoir de Super Lulu s'étend bien au-delà des frontières du réel...

Deux heures plus tard, mes deux frères et moi nous entraînions à monter une tente dans le jardin.

Papa, maman, Capucine et Alfred étaient présents pour nous aider.

Quand Élise nous a rejoints, j'ai cru qu'Ambroise allait lui planter une sardine dans le pied tellement il était énervé. La toile de tente lui tombait sur le nez à chaque fois qu'il essayait de la relever.

Moi, je n'arrêtais pas de rire. Je n'ai jamais fait de camping de toute ma vie et je trouvais ça plutôt drôle.

– C'est *good*, ça ! Vous avez un plan «pleine nature»? nous a demandé Élise. Il ne figure pas sur le tableau d'activités.

– Lucien veut aller camper près de la Chaisse avec son grand frère et sa grande sœur, a expliqué Capucine. Quoi de mieux qu'aller marcher en forêt, porter sa tente et la planter, ou faire un feu de camp pour avoir de bons souvenirs de vacances?

– On pourra faire du feu ? a crié Lucien tout excité.

Ambroise a soufflé tellement fort qu'il m'a postillonné au visage.

– Tu penses VRAIMENT qu'à ton âge on va te laisser allumer un feu en forêt ? a-t-il lancé. Arrête de te prendre pour un Apache, tu nous gonfles sérieusement.

– Mais non, il est trop choupiii, a commenté Élise. C'est cool de camper, tu as raison, Lucien. Moi, j'aimerais bien t'accompagner si tu veux de moi.

– Excellente idée, a déclaré Alfred d'une voix enthousiaste. Vous n'avez qu'à partir à quatre.

Là, j'ai cru que mon frère aîné allait avoir une syncope !

– Oui, c'est formidable, a renchéri la fée dont le chignon tourbillonnait de joie. On avait prévu une activité Nature entre jeunes pour la semaine prochaine, mais on peut la décaler sans problème.

Moi, ça m'était égal de partir camper une nuit.

Je me disais même que ça m'éviterait d'être obsédée par la connexion au réseau. Ambroise, lui, a essayé de négocier avec mes parents sans succès. Ils trouvaient eux aussi « formidable » de passer une soirée en amoureux, sans aucun enfant. Au moment du départ, maman a toutefois eu une montée d'angoisse.

– Séb, a-t-elle lâché d'une voix blanche. On ne peut pas laisser partir les enfants sans portable. Tu imagines s'il leur arrive quelque chose ?

Ambroise et moi, on a échangé un regard tout en faisant des prières mentales. Mon père a hoché la tête, embêté.

– Ne vous inquiétez surtout pas, s'est exclamé Alfred. J'ai déjà TOUT prévu. Je compte faire des rondes au cours de la nuit. Je suis insomniaque de toute façon. Et n'oubliez pas que l'endroit où vos enfants vont camper se trouve à un petit quart d'heure à pied d'ici...

Ma mère a retrouvé le sourire alors que mon frère et moi, on a grimacé en chœur.

Mon père nous a promis une « chouette surprise » pour le lendemain et les adultes nous ont regardés partir en agitant leurs mains.

On était tous assez chargés puisqu'on avait un dîner pour quatre sous forme de boissons-sandwiches-fruits dans un sac, ainsi que deux tentes, des duvets et des tapis de sol répartis en trois paquetages différents. L'ensemble représentait une charge conséquente ! Lulu, lui, était beaucoup plus léger que nous puisqu'il portait une dernière besace avec les tee-shirts de rechange, la trousse de secours et les lampes de poche.

Notre itinéraire était plutôt simple. On devait marcher tout droit environ un kilomètre avant de trouver une clairière dégagée que nous avait montrée Alfred sur un plan.

Mais c'est justement quand les choses sont censées être très simples que tout devient compliqué !

Pour commencer, on n'a jamais trouvé le pont pour franchir la rivière. On a donc marché beaucoup plus longtemps que prévu. Au bout d'une heure, on a atterri dans un sous-bois très dense. Pour planter une tente, il y a plus pratique qu'un espace truffé d'arbres tous les vingt centimètres ! Lucien, très impatient, a commencé à nous casser sérieusement les oreilles puisque toutes les trois minutes il demandait :

– On s'arrête là ? Quand est-ce qu'on mange ?

Même Élise ne semblait plus le trouver « mimi » du tout.

– Bon, on n'a qu'à s'arrêter là, a-t-elle soufflé, excédée, au bout du vingtième « J'ai faim, môàààà » de notre petit frère.

J'ai posé mon sac au sol en soupirant de bonheur.

– Vous avez intégré que je ne suis pas bûcheron ? a lancé Ambroise en nous montrant les dizaines d'arbres autour de nous.

– Pas grave, a répondu Élise, on va se débrouiller. On n'aura qu'à utiliser les troncs pour accrocher les tentes.

– Bonne idée ! j'ai approuvé. Mais Alfred ne va jamais nous retrouver s'il fait des rondes...

– Tant mieux, a déclaré mon frère aîné. Ça lui fera les pieds de nous chercher un peu.

– Moi j'ai faim, a insisté Lucien.

Ambroise, Élise et moi, on l'a regardé en même temps et comme nos yeux exprimaient tout sauf de l'amour, il s'est plongé dans l'observation intensive du contenu de son sac à dos.

L'installation des tentes a été une vraie cata.

– Si on avait eu nos portables, on aurait pu au moins se baser sur un tuto! marmonnait Ambroise qui semblait définitivement fâché avec les toiles de tente.

Au final, sans sol plat et sans tutoriel, notre campement ne ressemblait à rien qui ait déjà existé en termes de camping sauvage… à part pour le côté sauvage justement!

La tente des garçons semblait prête à s'envoler au moindre coup de vent et celle des filles évoquait de loin un croisement entre la girafe et le chameau.

Le repas du soir a été englouti en cinq minutes à peine. Après quoi, on a tous consulté nos montres pour constater, horrifiés, qu'il nous restait de longues heures à tenir avant d'aller nous coucher.

– J'ai une super idée, a lancé Lucien. On pourrait faire un super jeu tous les quatre !

– Ouais, ce serait super ! a répondu Ambroise en singeant la voix de Lulu. Mais on a juste oublié de prendre des super jeux. Oh ! C'est super dommage !

– Tadaaaa, surprise ! a crié notre petit frère en sortant son mini-scrabble de son sac.

Comme on voulait tous avoir la paix, on a accepté de jouer un peu avec lui. Mais la partie n'a pas duré très longtemps...

Ambroise a placé d'entrée un scrabble avec huit lettres alors qu'on ne peut en avoir que sept. Élise l'a traité de tricheur et a exigé qu'il recommence sa pioche.

– Il n'y a aucune flexibilité sur ce campement. « Pour ma part », je conteste cette rigidité, a ironisé Ambroise en imitant la façon de parler d'Élise.

Lucien a commencé à dire qu'il avait un peu chaud et je lui ai suggéré d'enlever son gilet pendant que je mettais «réseau» sur un mot compte double.

– Tu fais exprès ou quoi? a grogné Ambroise. Tu es au courant qu'on est tous en manque?

– Parle pour toi, a lâché Élise à qui c'était le tour de jouer. Moi, je place «huchet» sur ce mot compte triple.

– Tu peux utiliser des mots de notre planète? lui a rétorqué Ambroise. Tu sais qu'on est une majorité de Terriens sur ce campement?

Élise a levé les yeux au ciel en nous expliquant qu'on était les seuls à «ignorer qu'un huchet est un petit cor de chasse». Lucien, de plus en plus rouge, attendait son tour avec impatience.

– J'ai un scrabble, m'a-t-il chuchoté en se grattant.

Il a placé «anpoule» et il a fallu qu'on lui explique la règle du *m* devant le *p*.

– Mais la maîtresse ne nous l'a pas dit, a protesté Lucien.

– C'est normal qu'il soit si rouge ? nous a soudain demandé Élise en fronçant les sourcils.

Il y a eu un grand silence tandis qu'Ambroise et moi on dévisageait notre petit frère.

On a alors réalisé qu'il commençait à enfler !

– Il fait une crise d'urticaire, j'ai affirmé un peu affolée. Il lui faut son médicament.

– La trousse de secours ! C'est lui qui la portait, a lancé Ambroise déjà debout.

On s'est rués tous les deux sur le sac de Lucien qui était à ses pieds.

On l'a vidé par terre avant de constater qu'il n'y avait PAS DE TROUSSE DE SECOURS !

– Il fallait de la place pour le scrabble, a chuchoté Lucien qui était carrément écarlate.

– Mais pourquoi est-ce qu'il enfle ? a demandé Élise, les yeux exorbités.

J'ai secoué la tête pour montrer que je n'en avais aucune idée pendant qu'Ambroise saisissait Lucien comme un paquet en criant :

– Je le ramène à la maison d'hôtes !

– Tu ne pourras pas le porter comme ça pendant une heure, s'est exclamée Élise. Il faut qu'on t'aide.

On est partis tous les quatre, en laissant campement et scrabble en vrac. Ambroise courait devant, avec Lulu accroché sur son dos. Élise n'arrêtait pas de crier :

– Plus viiiite ! Plus viiite.

Au bout de quelques minutes, on a déboulé du sous-bois, hors d'haleine. Ambroise soufflait comme un taureau en colère.

– On va faire une petite pause, non ? j'ai proposé, inquiète. Une catastrophe ça suffit pour ce…

Je n'ai pas fini ma phrase.

J'avais redouté une syncope. On a eu pire.

Ou presque !

Ambroise a interrompu sa course dans un cri de douleur et il s'est affalé par terre après avoir lâché Lulu sans ménagement.

– Je me suis tordu la cheviiiille ! a-t-il crié.

Il était aussi blanc que Lulu était rouge !

Élise et moi on s'est dévisagées. On avait deux options : paniquer pour de bon ou pleurer à gros sanglots. Lulu a alors lâché d'une toute petite voix :

– Ça va mieux tout d'un coup.

On a choisi une troisième option.

On a piqué un fou rire incontrôlable tandis que mon frère aîné nous traitait de tous les noms.

Quand on s'est calmées, Élise et moi, on a fait un point rapide de la situation.

La cheville d'Ambroise enflait à vue d'œil, c'était un fait. Quant à Lucien, bizarrement, il était encore rouge mais il ne se grattait plus et semblait surtout moins gêné pour respirer.

– Quand je pense à tout ce qu'on aurait pu éviter avec un portable, a lâché Ambroise d'une voix d'outre-tombe.

– Qu'est-ce que tu peux boucler ! a commenté Élise d'un ton sévère. Ça t'arrive de te renouveler ?

Ambroise allait répliquer mais sa bouche s'est tordue en rictus et il a attrapé sa cheville en gémissant.

Pour la première fois depuis bien longtemps, j'ai eu pitié de lui.

– Bon, c'est toi qui as besoin d'aide maintenant, j'ai déclaré. On va faire deux groupes. Je pars avec Lulu assez rapidement pour qu'on puisse gérer la fin de son allergie et je reviens ici avec des secours.

– Ne me dis pas que tu vas me laisser en tête à tête avec Mme «Pourmapart», a chuchoté Ambroise qui grimaçait de douleur.

– Je n'ai pas le choix, courage, j'ai lâché avant de prendre la main de Lucien.

Finalement, notre groupe a vraiment manqué de sens de l'orientation à l'aller. À moi toute seule, j'ai retrouvé la maison d'hôtes en moins d'un quart d'heure.

Mon arrivée a provoqué un vent de panique. Mes parents se prélassaient devant un bon dîner sur la terrasse et ils se sont décomposés quand ils nous ont vus courir vers eux.

Maman a géré Lulu, papa s'est occupé d'aller chercher Ambroise.

La fée et le lutin ont récupéré tout notre matériel abandonné.

Mon petit frère n'avait plus la moindre séquelle d'urticaire une heure à peine après notre retour.

– Allergie passagère, a diagnostiqué maman après lui avoir administré son médicament antiallergie. Vous deviez avoir planté vos tentes dans une zone humide, non ? Lucien réagit assez mal aux moisissures ou autres champignons.

– Le sous-bois qu'on avait choisi n'était pas franchement exposé à la lumière. J'aurais dû y penser, j'ai expliqué. C'est pour cela que l'état de Lulu s'est amélioré dès qu'on s'est éloignés de notre campement tout sombre.

– On pourra finir notre scrabble quand Ambroise reviendra ? a demandé Lucien qui était confortablement installé sur la terrasse.

J'ai soupiré très longuement en pensant à mes cinq copines qui auraient ADORÉ que je leur raconte cet épisode… J'avais THE post en tête: «**Camper dans la Creuse, c'est un peu comme dans Koh Lanta. Mais en plus dangereux!**». J'aurais peut-être réussi à intéresser la bande des troisièmes en décrivant notre campement façon trek dans la jungle…

Ambroise est rentré tard du service des Urgences. Il a juste une petite entorse et porte une chevillère. Il boite légèrement, à part quand on le regarde. Là, sa souffrance est extrême.

Si je devais décrire sa tête, il me faudrait plusieurs pages. Au naturel, mon frère aîné n'est pas ce qu'on appelle un ado très souriant. Ce soir, il est aussi épanoui qu'un homme qui vient d'apprendre qu'il doit partir à la guerre (pour de vrai, pas avec sa manette de jeu…).

Il a déjà réalisé qu'il lui faudrait attendre quelques jours avant d'accéder à son abri antiatomique connecté.

Mais surtout... Élise «bouleversée par ce terrible accident» lui a déclaré qu'elle lui tiendrait compagnie pour qu'il oublie sa douleur à chaque fois que sa cheville «le fera souffrir».

J'en ris encore.

ÉMILIE,
qui n'est pas près de repartir camper
dans les sous-bois.

Journal d'ÉMILIE RAMIER

JOUR 6

12 juillet, 20 heures

Zéro nouveauté en ce qui concerne mon compte FB parce que zéro connexion.

Une journée de plus coupée du monde des vivants.

Je commence à me poser des questions.

Très sérieusement.

TOUT est bizarre ici. Pas seulement la fée, le lutin ou les campements dans les bois... Notre famille AUSSI commence à être différente.

Je ne sais pas si ça doit m'inquiéter.

En tout cas, si je devais choisir une musique pour illustrer mon récit, ce serait une mélodie un peu bizarre, du genre de celles qu'on entend dans les films d'horreur et qui font flipper avant même d'avoir vu les images.

Ce matin, dès que je me suis réveillée, une drôle d'ambiance régnait sur la terrasse. Mes parents n'avaient pas encore déjeuné. Ils avaient l'air d'attendre quelqu'un et ils n'étaient pas en jogging. Je me suis approchée, prudemment.

– Bonjour ma chérie! s'est exclamée maman en ouvrant ses bras comme si je m'y blottissais pour un super câlin tous les matins.

– Tu as bien dormi, ma douce? a susurré papa.

Je les ai regardés sans répondre, un peu surprise. À la maison, les réveils sont essentiellement du type explosifs. La version « Sourions au jour qui se lève », c'est carrément nouveau!

– Vous n'allez pas à votre séance de yoga? j'ai demandé.

– Pas ce matin, m'a expliqué mon père. Nous vous attendions tous les trois. Je vais aller réveiller tes frères, d'ailleurs.

J'ai ouvert de grands yeux. Sortir un Ambroise « entier » du sommeil relève de l'opération commando. Réveiller un Ambroise « entorsé » me semblait donc Mission Impossible.

Papa est tout de même revenu accompagné de Lucien et Ambroise. Le premier avait un grand sourire et gambadait, l'autre avançait en boitant exagérément, et faisait une tête longue de deux kilomètres.

– Aaaah, je suis contente ! a lancé Capucine depuis la fenêtre de sa cuisine. Vous voilà réunis pour démarrer tous ensemble cette journée un peu particulière.

– Euh, particulière comment ? j'ai demandé, inquiète.

– Tout à fait spéciale, a répondu maman qui commençait VRAIMENT à sourire autant que la fée. On vous avait annoncé une surprise, la voilà !

– C'est bizarre, il n'y a rien d'écrit au tableau, a commenté Lucien qui avait déjà jeté un œil sur le tableau d'activités.

– Ça, c'est la meilleure nouvelle depuis qu'on est arrivés, a grogné Ambroise, la bouche pleine.

– C'est normal Lulu, a expliqué notre mère. Pas besoin d'activités spéciales puisque cette journée est juste intitulée « Toi, moi, nous. Resserrons nos liens ».

Là, Ambroise a été tellement stupéfait qu'il en a recraché le jus d'orange qu'il était en train de boire.

– Mais c'est quoi cet énoncé débile ? j'ai rétorqué en essayant de retenir le fou rire qui était en train de me gagner.

– Alfred et Capucine nous invitent à reformer une VRAIE famille, privée des écrans qui nous séparent les uns des autres, a reformulé mon père.

– Passons une journée entière tous les cinq, profitons les uns des autres, a continué ma mère.

– Chuuuper! On reste tous les chinq enchemble alooors! a crié Lucien en nous postillonnant à la figure plein de miettes de son pain au chocolat.

Mes parents ont commencé à multiplier les propositions. L'excitation de Lucien montait en puissance à chaque fois que l'activité suggérée lui plaisait. Entre baignade, jeux de société, fabrication de cabane, lecture de romans, notre journée allait être bien remplie! Mes parents semblaient aussi excités que Lulu d'ailleurs.

Moi, j'avais une simple idée en tête : où est la sortie de secours?

– Je vous signale quand même que je suis blessé, a fini par préciser Ambroise, aussi peu enthousiaste que moi, et que j'ai mis ma vie en danger hier soir juste pour sauver celle de Lucien. En hommage à cet acte héroïque et parce qu'on est dans un cas d'urgence absolue avec mon infirmité, on pourrait peut-être envisager de rompre le contrat «no réseau», non?

– On fait la détox jusqu'au bout, c'est clair! a répondu mon père. Ce n'est pas parce que ta cheville est très légèrement enflée qu'on va tout arrêter. Tu es un garçon plein de ressources et extraordinairement courageux qui est prêt à sauver le monde.

– Et si on faisait un SCRABBLE pour le mettre de bonne humeur? s'est écrié un Lulu au top de sa forme.

Le fou rire qui me chatouillait la gorge a fini par exploser quand j'ai vu la tête d'Ambroise.

Lucien m'a imitée et l'hilarité a gagné toute la table.

Seul le «grand blessé» nous dévisageait d'un air affligé, en hochant la tête.

– Ce sont les vacances les plus pourries de toute ma vie, si vous voulez savoir, nous a-t-il tranquillement déclaré quand on s'est calmés.

Évidemment, on s'est remis à rire comme des fous même si on ne savait plus pourquoi.

– Ah! s'est exclamée maman au bout d'un moment en essuyant ses yeux pleins de larmes. Je n'ai pas ri comme ça depuis une éternité.

– Moi aussi, a renchéri papa, j'avais oublié à quel point c'est agréable… On commence super bien ce sixième jour!

Il nous a ensuite proposé une série de jeux de société qu'on a tous refusés, Ambroise et moi.

– On passe déjà nos journées sans réseau, vous n'allez pas en plus nous OBLIGER à subir la partie interminable de Monopoly ou de Bonne Paye! j'ai déclaré pour justifier notre décision.

Finalement, on a accepté que notre père nous apprenne à jouer au poker. Lucien a fait n'importe quoi du début à la fin mais on a bien ri. Mes parents ont perdu TOUTES leurs parties pour notre plus grand bonheur: on a pu leur donner un gage chacun.

Du coup, on s'est isolés, mes deux frères et moi, pour réfléchir à ce qu'on allait bien pouvoir leur faire subir.

– Je suis chaud bouillant pour un gage super horrible, a lancé Ambroise. Ils nous ont imposé ce séjour moisi, qu'ils souffrent à leur tour !

– Oui, un truc super difficile, tu as raison, j'ai ajouté. Du genre traverser la Chaisse à la nage.

– Oh non. Vous êtes trop méchants avec papa et maman, a protesté Lucien. Moi je ne veux pas qu'ils souffr…

– Tais-toi Lulu le Lilliputien ou tu vas finir à l'eau avec eux, a rugi Ambroise, enchanté. Trop cool ton plan, Lili ! On va leur rafraîchir les idées, aux rois de la méditation !

On s'est déplacés au bord de la rivière pour regarder nos parents qui se sont VRAIMENT immergés dans l'eau glaciale pour atteindre l'autre rive. Comme ils n'ont pas fini en glaçons mais ont ri tout du long, on était un peu déçus, mon frère et moi.

– La prochaine fois, il faudra trouver quelque chose de bien plus cruel, a chuchoté Ambroise avec un sourire sadique.

– Hou hou ! a crié Élise qui arrivait en marchant dans l'eau. Vous aussi, vous faites la journée « Resserrons nos liens » ?

– Ouais, a répondu Ambroise. Mais perso, je fais gaffe quand même. Sinon, à force de les resserrer, ces liens, on va finir par les étrangler, nos parents.

Élise a souri poliment avant de sortir de la rivière pour rejoindre ses parents un peu plus loin.

Je trouve cette fille de moins en moins tartignole. J'ai d'ailleurs essayé de donner mon point de vue à son sujet à Ambroise pendant qu'on était assis côte à côte, sur l'herbe, au bord de l'eau

– Laisse tomber, a-t-il insisté. Une fille qui case un mot savant dans toutes ses phrases est forcément chelou.

– C'est sûr qu'avec le vocabulaire que vous utilisez, tes copains et toi, vous ne risquez pas de comprendre les mots de plus de quatre lettres. Ah si ! Peut-être « manette » ? « compète » ? « t'es bête » ?

Ambroise m'a arrosée et j'ai hurlé. Lucien est venu me défendre et notre père nous a aidés à mouiller notre frère aîné. Il hurlait comme un cochon qu'on égorge qu'il était « super blessé et que c'était pas du jeu », mais il a fini trempé des pieds à la tête !

J'avais tellement envie d'attraper mon portable pour le prendre en photo et la poster sur mon compte. Je voyais déjà ce que j'aurais pu mettre en commentaire :

⎧ Ambroise 0 Émilie 1! Du « no réseau »... mouillé !

Sauf que justement, on en était toujours au même point, isolés du reste du monde.

Pour le déjeuner, on a eu droit à un pique-nique en bord de rivière tous les cinq. Au début, on formait une vraie famille unie et heureuse SANS RÉSEAU où chacun d'entre nous mordait dans son sandwich en profitant de la beauté du paysage... jusqu'à ce que Lulu fasse THE gaffe.

– C'est rigolo de vous voir tous les quatre sans portable à la main, a-t-il déclaré alors qu'on attaquait nos pêches pour le dessert. D'habitude, dès qu'on s'arrête quelque part, vous sortez toujours vos téléphones.

Un grand courant d'air froid est venu rafraîchir nos petits cœurs tout chauds. Mon père et ma mère ont fixé leurs pêches, comme si, soudain, ils avaient envie de s'y connecter. Ambroise a fait une grimace de souffrance extrême. Toute sa *team* s'est invitée dans ses pensées. Moi, j'ai trouvé que mon fruit n'avait plus aussi bon goût. J'avais une telle envie de le tenir dans la main, ce portable dont Lucien venait de nous parler! Je me sentais à nouveau seule au monde, loin de mon univers Facebook et de mes amies chéries.

– C'est tellement mieux comme ça, a soupiré Lulu. Moi j'adore qu'on soit VRAIMENT tous les cinq, pas vous?

– Oh ouiiiii! a crié Ambroise d'une voix de fausset. C'est tellement cooool de manger des pêêêches au bord de l'eau.

– Et de vivre sans avoir AUCUNE nouvelle de ses amies, j'ai ajouté, boudeuse. Coupée de tout.

– Bon, on a compris, a dit notre père.

– Oui, je crois que le message est bien passé, a renchéri notre mère.

Et là, sous nos yeux ébahis, nos parents se sont jetés à l'eau !

– Ce sera notre gage quotidien dès que vous serez au bord de l'explosion, a lâché papa hilare.

– Une sorte de punition suprême qui soulagera votre colère, a renchéri maman qui souriait tout autant.

Lorsqu'ils sont sortis de l'eau, on leur a tendu leurs serviettes. Ambroise a même frotté le dos de maman qui grelottait un peu.

On s'est allongés sur les serviettes, au soleil, et on a paressé tous les cinq.

C'était un moment un peu hors du temps où on a parlé de tout et de rien, sans aucune connexion. Je me suis rendu compte qu'on en était capables, finalement...

Quand, dans l'après-midi, Ambroise a disparu, j'étais certaine qu'il avait réussi à se rendre à son abri connecté. J'ai eu un petit pincement au cœur en pensant qu'il avait préféré nous laisser seuls tous les quatre, alors qu'on s'entendait super bien pour une fois.

En fait, il est réapparu très vite avec... Alfred qui transportait des planches, des clous et des cordes. Mon père les a rejoints et ils se sont lancés tous les trois dans la construction d'une petite cabane adossée à un arbre pour Lulu.

Comme c'était vraiment une journée de ouf, je n'aurais pas été étonnée qu'un gentil Martien vienne les prendre en photo avant de les faire monter dans sa soucoupe volante mais, à la place, maman m'a proposé de me joindre à elle pour une séance Poterie avec la fée.

Capucine nous a rejointes avec son éternel sourire et j'ai constaté que ma mère arborait EXACTEMENT le même.

Il y a quelques jours, cette ressemblance m'avait alertée. Je ne voulais pour rien au monde que ma mère se transforme en fée.

Aujourd'hui, je suis un peu moins inquiète.

Quoique…

Si je fais le bilan de ce sixième jour, il y a quand même de quoi être scotchée à son siège.

Ce soir, au dîner, trône sur la table un vase en terre réalisé et cuit PAR MA MÈRE!

Mon père a fabriqué la première cabane de sa vie d'adulte.

Il a été aidé par mon frère aîné qui a passé la journée en notre compagnie sans (vraiment) râler, sans m'insulter et en souriant plus de trois fois.

Lulu a répété un mot en boucle : «Super!».

Quant à moi, je commence à considérer ce carnet comme un ami à qui je peux tout confier et je ne ressens plus forcément l'envie frénétique d'en partager le contenu.

L'heure est grave.

Je me demande si on n'est pas TOUS en train de se transformer.

🜂 ÉMILIE,

qui envisage sérieusement l'hypothèse de séjourner dans une maison d'hôtes ensorcelée.

Journal d'ÉMILIE RAMIER

JOUR 7

13 juillet, 15 heures

– Je te préviens, Lulu, si tu continues à me parler la nuit alors que je veux dormir, j'éventre ton oreiller et je te fais gober les plumes une par une !

C'est avec cette phrase pleine de tendresse et d'amour qu'Ambroise a fait son apparition dans la cuisine ce matin. J'ai tout de suite compris que le miracle d'hier n'était qu'un miracle…

Ambroise est redevenu tel qu'il est.

En pire.

Lucien a essayé de prendre un air triste puis il s'est souvenu qu'une cabane l'attendait dans le jardin, alors il a filé ventre à terre.

Élise revenait tout juste de son « bain du renouveau matinal ».

– Pauvre Ambroise, a-t-elle lâché sans tenir compte de son humeur épouvantable. Tu as l'air crevé. Tu as mal dormi, c'est ça ?

Comme elle n'obtenait pas de réponse, elle a insisté.

– Aujourd'hui, ce serait cool qu'on s'occupe un peu de toi. D'ailleurs je viens d'avoir une super idée ! Ne bouge pas.

Elle s'est ensuite éloignée assez vite. J'ai jeté un œil sur mon frère aîné. Il contemplait le jardin par la fenêtre, d'un regard vide.

– Je sais pourquoi jouer à *The Way to War* me manque autant, a-t-il murmuré. Quand j'ai ma manette à la main, je contrôle la situation, tu vois. Je suis « Amb the king », le *gamer*, et PERSONNE sur l'écran ne me dit ce que je dois faire. Ici, je subis. Tout. Et pas moyen de «m'échapper». Je n'en peux plus...

Il n'a pas fini sa phrase.

Capucine est apparue. Comme par hasard, elle était suivie d'Élise.

– J'organise un atelier Écriture de plein air demain, a-t-elle lancé en agitant joyeusement son chignon. Le principe c'est : les bords de la rivière, un fond musical, du papier, un stylo. Chacun laisse parler son cœur, son âme, et les mots naissent sur la feuille. Le résultat est souvent très surprenant. Vous seriez intéressés ?

Élise s'est tournée vers mon frère et moi.

– On s'y inscrit tous les trois ? Ce serait bien pour toi, Ambroise, d'aller te changer les idées au bord de la rivière. On te tiendrait compagnie et en plus, on aurait un projet concret.

– C'est vrai que ce serait excellent pour ton moral, a ajouté la fée en souriant. Et... peut-être pourrais-tu slamer ? J'ai de la musique pour les jeunes, tu sais. Quelque chose me dit que tu dois aimer le rap, non ?

– Moi, quelque chose me dit que je vais péter un plomb, a murmuré Ambroise.

– Allez, c'est entendu, a conclu Capucine ravie. On installera tout ce qu'il faut près de la rivière.

Elle est repartie d'un pas décidé. Mon frère, lui, au bord de l'implosion, a quitté la cuisine aussi vite que le lui permettait sa cheville encore douloureuse. Bien évidemment, il partait se connecter en douce.

– Ambroise est toujours aussi triste ? m'a demandé Élise d'un air inquiet. Il n'a pas apprécié la journée en famille d'hier ?

– Bof, ai-je répondu.

– Ton frère me fait trop de peine, tu sais, a-t-elle continué. J'ai décidé de l'aider à vaincre sa morosité et à apprendre à vivre le No réseau en mode cool. J'ai plein d'idées pour lui.

J'ai examiné Élise. Elle avait abandonné sa tenue «Je suis dans la jungle, je vais combattre le crocodile» pour un ensemble «Je profite du soleil mais je reste glamour». Ses épaules étaient dénudées et ses cheveux relevés en un savant chignon un peu à la manière de Capucine. Son visage était très légèrement maquillé.

J'ai eu un doute affreux.

Avait-elle pu être charmée par mon frère au point de vouloir passer le reste du séjour avec lui? Ou pire encore, est-ce que le côté «héros qui tombe et se blesse» avait transpercé son cœur? Je la voyais déjà poursuivre Ambroise partout dans la maison d'hôtes. Solidarité féminine oblige, j'ai préféré la prévenir.

– Euh, tu sais, dans la vie normale, avec jeux-manette et tout, mon frère n'est pas vraiment un garçon aimable. Privé de réseau comme ici, il est carrément odieux. Donc, sans jeux-manette ET avec une cheville qui lui fait mal, tu imagines? On touche le fond.

– Justement, Émilie. Se passer du réseau, c'est utiliser son temps autrement. Donc, j'ai la patience nécessaire pour apprivoiser un ours.

– Comment te dire? Là, on a plutôt affaire à un grizzly blessé qui n'a pas mangé depuis une semaine et qui voit son repas s'agiter devant ses yeux sans pouvoir l'atteindre.

– On parie ? Une après-midi détente de plus au bord de la Chaisse et je vais le transformer !

Élise m'a fait un clin d'œil avant de s'éloigner avec une pomme à la main. Je suis partie rejoindre Ambroise au fond du parc avec la ferme intention de me connecter un peu à mon compte FB.

– Il n'y a plus de réseau, Lili, m'a-t-il annoncé d'une voix blanche lorsque je suis arrivée.

Vu sa tête, j'ai tout de suite su qu'il ne plaisantait pas. Il régnait une odeur épouvantable dans sa cabane. Des bêtes avaient dû fouiller l'intérieur et même y installer leur tanière, ça sentait super mauvais, et le pull qu'il avait laissé était dans un sale état.

– C'est une puanteur ici ! j'ai crié en me bouchant le nez. Ne me dis pas que tu comptes rester là-dedans ?

– Tu as entendu ce que je viens de dire ? a répété mon frère, tout à fait prêt à vivre dans une porcherie dans la mesure où elle reste connectée. Il n'y a PLUS de réseau !

Inquiet, il s'est dirigé vers le local poubelles où la réception du Wi-Fi était top il y a quelques jours.

– RIEN ! a-t-il déclaré d'un ton désespéré. Je ne capte RIEN.

J'ai essayé à mon tour. Ambroise avait raison.

– C'est peut-être à cause du feu d'artifice pour la fête au village de cette semaine ? j'ai lâché bêtement.

Mon frère m'a dévisagée et, dans ses yeux, j'ai lu « cerveau de méduse pas fraîche ».

On a passé un long moment à se déplacer dans tous les sens pour tenter de capter un semblant de réseau. Mais, comme par magie, il avait disparu.

Je n'ai pas tout à fait un cerveau de méduse, donc j'ai eu un éclair de génie.

– Les voisins, Ambroise.

– Quoi, les voisins ? a grommelé mon frère de super mauvaise humeur.

– Ben, ils ont dû faire un truc pour qu'on ne capte plus rien…

Il a froncé les sourcils et il m'a fait signe de le suivre. On a longé le mur assez haut qui séparait notre maison d'hôtes de la propriété d'à côté jusqu'à un endroit où le mur fait place à une haie touffue.

– On va passer de l'autre côté pour voir, a chuchoté Ambroise. Si on nous dit un truc, on n'a qu'à répondre qu'on cherchait notre cerf-volant.

– Notre cerf-volant ? j'ai rétorqué, peu convaincue. C'est nul ton idée !

J'ai suivi mon frère qui, de toute façon, s'était déjà faufilé sous la haie sans attendre que je lui donne mon avis. Et effectivement, on a vu…

Les voisins étaient en train de sortir des cartons de leur maison et un énorme camion, sur lequel les lettres « DÉMÉNAGEMENT P. BERT » brillaient au soleil, était garé devant leur porte.

Et qui dit déménagement dit maison vidée, adieu la box... et ciao le Wi-Fi!

Ambroise a compris aussi vite que moi et on a fait demi-tour dans un silence de mort.

En revenant, on a longé la rivière et il a lâché d'une voix sinistre:

– Tu sais, Émilie, la Chaisse est un cimetière... Tu imagines les tonnes d'ados, qui, comme nous, ont été obligés de participer à des ateliers moisis proposés par la fée? Ils ont TOUS fini par y jeter leurs portables inutiles. Ne te baigne jamais dans cette rivière avec un masque. Tu risquerais d'avoir de terribles visions.

Comme, à ce moment-là, les parents d'Élise remontaient de la Chaisse avec palmes et tubas, j'ai éclaté de rire.

– Il reste la solution cybercafé, a ensuite soufflé Ambroise en haussant les épaules. Il y en a un dans ce bled pourri. Il faut juste trouver le moyen de filer au village sans éveiller les soupçons.

– Et ça, ce ne sera pas vraiment facile, vu le programme imposé par la fée et le lutin, j'ai rétorqué.

Sauf que le hasard fait parfois bien les choses…

À midi, nos parents nous ont annoncé une nouvelle totalement délirante.

Mon père nous a expliqué que la fée et le lutin avaient lancé l'activité « Campons autrement » pour le week-end à venir. Ils proposent à leurs invités de partir découvrir la nature environnante avec des sacs à dos, certes, mais SURTOUT de passer la nuit dans des tipis.

– Les Indiens ont toujours respecté la Nature, vous savez, a déclaré très sérieusement mon père. Et nous, on a très envie de se reconnecter au VRAI monde afin d'oublier le virtuel. Partir camper comme des Sioux nous semble une excellente idée. Qu'en pensez-vous ?

Ambroise et moi, on a échangé un regard discret. On pensait la même chose mais on ne pouvait pas l'exprimer à voix haute.

Nos parents venaient de pénétrer dans la quatrième dimension et il n'était pas certain qu'ils en sortent indemnes.

– YOUYOU ! On va attaquer des cow-boys, a réagi un Lucien enthousiaste.

– C'est cool comme idée, a commenté Ambroise. C'est même hyper cool.

Une telle mauvaise foi me faisait halluciner. J'ai pété un plomb en direct.

– Non mais il faut arrêter de fumer la moquette ! j'ai crié. Se couper du réseau, c'est déjà s'isoler du monde. Vous ne voulez pas en plus que je me transforme en squaw, non ?

Mes parents ont essayé de me calmer en précisant qu'on dormirait dans des tipis mais qu'il était hors de question de s'affubler de peintures de guerre ou de danser autour d'un feu.

– Nous cherchons à renouer des liens avec la terre, a expliqué maman. C'est une autre connexion que celle de notre quotidien.

J'ai haussé les épaules pour montrer à quel point leur idée m'enchantait.

J'ai préféré rejoindre ma chambre pour faire le point dans ce carnet.

Ambroise m'a rejointe et j'ai pu lui dire ma façon de penser.

– On a perdu papa et maman... définitivement, j'ai affirmé. En quelques jours, ils ont sombré du côté obscur de la force. Dire qu'il y a quinze jours à peine, ils étaient plus connectés que nous. Aujourd'hui, ils parlent de vivre des aventures en mode tribu ! Et toi, espèce de gros mytho, tu vas me faire croire que tu trouves génial leur plan « Oh Terre que j'aime » ?

– C'est top comme idée tant que je n'y participe pas. J'ai bien l'intention de tout faire pour me retrouver SEUL ici pendant deux jours.

– Moi non plus, ça ne me branche absolument pas cette activité « Campons autrement », j'ai protesté. Hors de question que je joue à la squaw, je te préviens. Ce sera cybercafé avec moi ou rien !

Pour une fois, Ambroise n'a pas joué au chef grand frère. Il a dû voir à la lueur de mes yeux que je n'allais pas le laisser se raccorder au réseau sans moi.

– OK, a-t-il acquiescé. Alors on s'allie pour échapper au week-end Tipis et compagnie? J'élabore un plan et je te tiens au courant.

Il m'a tendu la main et on a fait un gros check.

C'est bien la première fois qu'Ambroise souhaite former un duo avec moi. Je ne suis plus le « deuxième boulet de sa famille » (le premier étant Lucien).

– Au fait, a-t-il continué en s'allongeant sur mon lit. Comment va ta vue? Pas encore aveugle avec cette peinture violette hideuse?

J'ai souri en ouvrant mon carnet à spirale pour mon rendez-vous quotidien avec moi-même.

– Tu continues tes Mémoires, alors? a-t-il ajouté. N'oublie pas de marquer que tu as un frère aîné re-mar-qua-ble. C'est le mot préféré de ma prof de français. Comme elle nous a saoulés, celle-là!

Ambroise s'est mis à me raconter deux ou trois anecdotes de sa seconde et il m'a VRAIMENT fait rire aux éclats. Du coup, je lui ai parlé de la bande des troisièmes du collège Saint-Jean et il m'a appris qu'il en connaissait certains.

Waouh ! Mon cœur a fait un bond dans ma poitrine.

J'ai un nouvel espoir. Il faut que je me connecte à mon compte pour pouvoir poster la photo de mon frère. Il y aura forcément un des garçons de la bande qui va l'identifier et peut-être m'envoyer un MP.

C'est cool d'avoir un frère aîné !

🔓 ÉMILIE,
qui ne sera jamais une squaw !

Journal d'**ÉMILIE RAMIER**

JOUR 8

14 juillet, 19 heures

À La Chapelle Saint-ch-ch, la fête au village est aussi attendue que le jour de Noël ou presque... Demain soir, un spectacle son et lumière nous attend au-dessus de la Chaisse. La fée et le lutin ne touchent plus terre depuis ce matin. C'est le seul jour de l'année où il se passe quelque chose dans leur village, alors il ne s'agit pas de le rater !

Pour l'événement, ils ont ajouté une activité dans leur tableau : « 15 juillette-toi ».

Nos petits-déjeuners deviennent ultra-dangereux puisque Ambroise a failli de nouveau s'étouffer avec son verre de jus d'orange lorsqu'il a découvert cette proposition écrite au milieu des autres activités ce matin. Lucien nous en a expliqué le concept.

– Avec Alfred et papa, on va décorer deux barques pour pouvoir naviguer sur la Chaisse pendant le spectacle. C'est super, hein? Si vous voulez, vous pouvez venir les peindre aussi!

Lulu n'a pas attendu notre réponse pour disparaître. Il faut dire que vu la tête de mon frère aîné, PERSONNE n'avait envie de rester dans la cuisine. Élise venait tout juste de nous rappeler que l'atelier Écriture au bord de la Chaisse nous attendait à partir de 13 heures.

Lorsque mes parents ont appris notre activité de l'après-midi, ma mère en a eu des frissons de bonheur.

– C'est incroyable comme cette maison nous fait du bien, a-t-elle déclaré. Mes deux grands vont passer une belle après-midi au bord de l'eau, et nous, avec votre père, on va aller faire une bonne marche autour du village.

Lorsque, en fin de matinée, mes parents ont disparu de notre champ visuel, mon frère a annoncé :

– Finalement, j'ai décidé de changer mon programme de cet aprèm'. Je vais d'abord noyer Mme Pourmapart qui me harcèle avant d'attaquer ses parents avec une fourchette et de finir par la fée que je découperai en tranches. Je sens monter en moi des pulsions meurtrières depuis que je suis privé de réseau.

Justement Élise s'approchait et mon *serial killer* de frère s'est mis à grimacer comme s'il ne pouvait plus résister à une pulsion de violence. J'ai essayé de cacher mon sourire à Capucine qui nous invitait à rejoindre les bords de la Chaisse. On a découvert « l'installation poétique ». La fée avait étendu des draps fleuris en bord de rivière, sous des arbres. Une enceinte diffusait une musique douce et des petites tablettes en bois attendaient les futurs écrivains/poètes. J'avoue que l'atmosphère qui se dégageait du lieu à ce moment-là donnait envie de s'allonger et de profiter du calme. «Pour ma part», je me sentais prête à me lancer dans un atelier d'écriture.

D'autant que je commence à avoir l'habitude de tenir un stylo grâce à ce carnet.

Ambroise, lui, a juste eu envie de prendre ses jambes à son cou.

– *Sorry* tout le monde, a-t-il déclaré, mais je viens de me rappeler que j'ai un rendez-vous urgent chez le kiné.

Comme il faisait mine de remonter vers la maison en boitant exagérément, Capucine lui a gentiment expliqué que le kiné le plus proche était à plus de vingt kilomètres du village.

– Prends plutôt le temps de t'allonger et de reposer ta jambe, a-t-elle insisté. Laisse-toi bercer par le clapotis de l'eau…

Mon frère s'est rassis en murmurant un «Clapotis, vous-même!» tandis que la fée nous détaillait le principe de l'atelier.

– Chacun écrit à sa guise ce qu'il ressent en vers ou en prose. Ensuite, c'est à vous de choisir si vous souhaitez lire vos productions ou non.

Élise était déjà plongée dans l'écriture et je me suis approchée d'elle.

– *Une étendue calme*
L'ombre vient nous envahir
Murmure de l'eau, a-t-elle déclaré à haute voix au bout de quelques minutes de silence.

– Magnifique, a commenté Capucine. Tu es vraiment douée pour les haïkus, Élise.

– Qu'est-ce que c'est, un haïku ? j'ai demandé, intriguée.

– C'est un petit poème très court qui nous vient du Japon, m'a expliqué Capucine. Il sert souvent à célébrer la nature et il obéit à des règles d'écriture assez strictes. Il est composé de trois vers qui ont généralement cinq, sept et cinq pieds.

– « Pour ma part », avec une entorse, mes pieds seront bancals, a ironisé mon frère en bâillant.

Ensuite, il s'est allongé sur le ventre et il s'est amusé à jeter des pierres dans l'eau. Les bruits réguliers que faisaient les ricochets à la surface de l'eau étaient assez pénibles à supporter.

J'allais lui demander d'arrêter lorsqu'il a lancé :

– *Une étendue calme*

Une grosse pierre balancée

Ça fait « plouf ». Eh ! Moi aussi j'en invente des « Aïe mon cou ».

Capucine a souri tout en remontant vers la maison d'hôtes et Élise m'a suggéré :

– On essaie d'écrire ensemble ?

Mon frère a continué à lancer des pierres dans la Chaisse juste pour troubler le silence tandis qu'on agissait comme si ce bruit ne nous gênait pas.

– *Bel été si doux*

Une rumeur apparaît

Le souffle du vent, a lu Élise à voix haute.

J'étais assez fière de ce haïku puisque c'est moi qui avais trouvé le dernier vers. J'ai fixé mon frère qui continuait à nous narguer avec ses « plouf » réguliers. J'avais choisi mon camp.

– *Un été relou*
Le réseau qui disparaît
Souffle du néant, a-t-il déclamé à nouveau au bout de quelques minutes.

Élise a souri sans lever les yeux de la feuille où l'on était en train d'écrire. Mon frère a fait mine de saluer son public alors que je l'applaudissais.

Ensuite, on ne s'est plus arrêtés ! À chaque fois qu'on lisait un haïku, Ambroise en produisait un à sa façon : beaucoup moins poétique mais tellement plus drôle !

Face à notre :
Rivière magique
La vie s'y développe
Beauté du monde.
Mon frère avait écrit :
Rivière glaciale
Journées sombres sans écran
C'est désespérant.

Notre :
Des mots qui résonnent
Échos de notre pensée
Magiques haïkus
avait été transformé en :
Des mots qui savonnent
Échos de notre ennui
Mortels haïkus.
Là où on avait imaginé :
La Chaisse si douce
Le soleil y scintille
Myriade de lumière,
Ambroise m'avait répondu :
La Chaisse si froide
Un crapaud y plonge
Électrocution.
Les « plouf » dans l'eau avaient totalement
disparu. Notre poète concurrent attendait
patiemment qu'on lui dicte nos produc-
tions pour les transformer à sa façon. On
a fini par de vraies crises de fou rire parce
que l'après-midi avançant, nos haïkus deve-
naient de plus en plus farfelus.

Surtout quand on a décidé de donner une suite à l'histoire du crapaud mort d'Ambroise !

J'ai écrit :

Princesse si seule
Son crapaud-prince décédé
Vraiment déprimée.

Élise a ajouté :

Princesse éplorée
Chez Capucine atterrit
Dans l'eau finit sa vie.

Mon frère a conclu :

Chaisse maudite
Toi qui voles nos héros
Rends au moins le réseau !

On a regagné la maison d'hôtes bien plus tard que prévu.

Élise nous a quittés et, sur le chemin, j'ai expliqué à mon frère que je la trouvais de plus en plus sympa.

– Ouais… Elle est un peu moins chelou que je le pensais, a-t-il fini par admettre.

– Tu as vu quand elle a imité le crapaud ? Franchement, elle est marrante en plus !

Mon frère a souri.

– J'avoue, a-t-il acquiescé. Et moi, tu ne trouves pas que je suis le roi des « Aïe mon cou » ?

– Tu as été au top !

Quand on a rejoint nos parents, on riait encore, Ambroise et moi. Lucien a voulu nous raconter sa séance de décoration des barques et, du coup, on s'est mis à parler en même temps tous les trois. Comme si dans la famille, on devenait tous bavards, et qu'en plus, on prenait plaisir à l'être !

Ça m'a fait vraiment bizarre. J'avais presque du mal à nous reconnaître.

Je me sens super bien ce soir, n'empêche.

🙂 ÉMILIE,
incroyablement déconnectée, toujours vivante.

Journal d'ÉMILIE RAMIER

JOUR 9

15 juillet, midi

Ma mère sort juste de ma chambre. Elle n'en revient pas de m'avoir surprise un stylo à la main.

– Tu fais… des devoirs ? m'a-t-elle demandé tout intimidée.

J'ai ri en lui expliquant que j'essayais de noter mes pensées puisque je ne peux plus les poster sur mon compte Facebook.

– Je décris au jour le jour mon comportement de mutante ; la « nouvelle Émilie » qui tente désespérément d'avancer sans connexion. C'est tout sauf facile.

– Tu parles aussi de nos bains dans l'eau glacée, j'espère! a lancé ma mère.

J'ai acquiescé et on a souri toutes les deux en reparlant de la journée «Toi, moi, nous. Resserrons nos liens».

Si je veux bien être honnête, c'est exactement ce qui est en train de se passer. Je suis une mutante, une Émilie bis. Moi qui pensais qu'on ne pouvait pas VIVRE sans se connecter au moins une fois par heure, j'ai réussi à tenir quatre jours d'affilée sans avoir le moindre aperçu de mon compte FB.

Et en plus, je ne suis pas complètement déprimée et prête à jeter mon portable à la Chaisse... Au contraire, j'ai apprécié ces dernières journées en compagnie d'Ambroise et Élise. Je n'ai même pas eu le temps de penser à mes MP ou à mes notifications.

Quant à Ambroise... sa transformation est encore plus étonnante. Je trouve qu'être privé de réseau lui réussit TOTALEMENT!

J'ai analysé le « Ambroise nouveau » qui est en train d'éclore sous le soleil de la Creuse, infiniment plus fun depuis qu'il n'est plus connecté. Lui qui a été un savant mélange entre le zombie (pour l'énergie) et le pit-bull (pour l'agressivité) est en train de se métamorphoser. Les quatre phrases de base qu'il utilise habituellement quand il s'adresse à moi (pour info : « Ferme-la, Sors de ma chambre, Qu'est-ce que tu veux ENCORE ? Toi, je ne t'ai RIEN demandé ») ont bel et bien disparu de son vocabulaire.

Bref, depuis une semaine, il a changé.

J'avoue que cet Ambroise-là me plaît.

J'ai repensé à la volonté d'Élise de l'aider à vivre le « No réseau » de façon cool. C'est elle qui a raison en fait !

Jouons le jeu jusqu'au bout.

Et puisque Lulu, mes parents et moi, on arrive à s'en sortir, Ambroise doit réussir lui aussi.

Ce qui signifie que je dois représenter un obstacle sur sa route vers le cybercafé.

J'en prends l'engagement pour lui.

🙂 ÉMILIE,
incroyablement déconnectée mais toujours
plus astucieuse de jour en jour.

PS : il est vingt-trois heures et je reprends ce carnet EXCEPTIONNELLEMENT parce que je dois y noter le tout dernier rebondissement !

Il y a du nouveau sous le soleil de La Chapelle gna-gna-gna. Quand ma mère a quitté ma chambre tout à l'heure, Ambroise l'a remplacée (c'est ouf mais mon frère vient de plus en plus souvent me parler !). Il m'a exposé le « plan génial » qu'il vient d'avoir. Son idée est simple : pour échapper au week-end « Campons autrement », il est allé proposer ses services à Alfred.

– Il a besoin que quelqu'un repeigne l'espèce d'enseigne horrible qu'il accroche à l'entrée de sa maison d'hôtes. Tu vois, ce truc tout dégueu où est écrit « Maison sans réseau » ?

J'ai hoché la tête sans savoir où il voulait en venir.

– J'ai affirmé que j'étais Dieu sur Terre en matière de peinture et de calligraphie, a continué mon frère, et que je pouvais m'en charger.

– Tu as osé dire ça ? j'ai pouffé.

– Attends la suite ! Le lutin a paru super intéressé et je lui ai mis le *deal* en main : je pourrais peindre pendant ce week-end. D'abord parce que j'ai encore la cheville douloureuse et que je serai un peu un boulet pour les autres, ensuite parce que, seul, je serai beaucoup plus concentré et mon œuvre n'en sera que plus réussie…

– Et les parents sont au courant ? Ils ont dit oui ? j'ai demandé, étonnée.

– Alfred leur a présenté l'affaire de façon géniale ! Maman a pris un air très fier en affirmant qu'effectivement je ramenais des peintures magnifiques de la maternelle et qu'elle avait toujours pensé que j'avais un don. Je te jure, mort de rire ! Bref, c'est fait, je ne pars plus avec vous.

Ambroise a exécuté quelques pas de danse.

– OK… Et moi alors ? j'ai rétorqué, en colère, en imaginant mon frère connecté durant quarante-huit heures tandis que moi, je serais dans l'impossibilité de l'en empêcher. On avait conclu un accord, non ?

– Attends un peu, chaque plan a deux phases. J'en suis à la première mais je ne t'oublie pas.

– T'as intérêt ! j'ai conclu. Je ne VEUX pas partir moi non plus !

Ambroise est sorti de ma chambre tout guilleret.

Au dîner, il était de super bonne humeur et il nous a fait rire plusieurs fois. Ensuite, il y a eu l'annonce officielle du week-end «Tipis & Co» par nos hôtes qui en ont profité pour nous faire part d'une nouvelle grande idée.

C'est là que mon frère a perdu son sourire.

– Ambroise nous a annoncé son intention de se consacrer à la peinture pendant notre petit week-end avec nuitée, a expliqué Alfred. On a pensé, Capucine et moi, que ce serait sympa que les ados vivent aussi une belle expérience nature hors de la maison, malgré tout. On vous propose donc une randonnée chasse au trésor demain matin. Quoi de mieux qu'une journée plein air pour apprécier notre belle région qui se vit encore mieux sans réseau? Qu'en pensez-vous, les jeunes?

Ambroise a longuement contemplé la Chaisse, comme pour y trouver une réponse.

– Oui, ça va être super cool, a-t-il déclaré du ton de quelqu'un à qui on vient d'apprendre que toute sa famille a disparu dans un tremblement de terre.

Élise souriait depuis sa table, elle a levé le pouce tandis que j'ai fait mine d'applaudir.

Je suis super contente. Une chasse au trésor, c'est un peu neuneu d'accord. Mais passer de nouveau une journée avec Élise et Ambroise me fait vraiment plaisir! J'espère qu'on va rire autant que pendant la séance haïku…

Petite interruption dans ma séance d'écriture.

Ambroise vient de passer me voir dans ma chambre en m'annonçant que pendant la « rando plein air moisie », il allait nous fausser compagnie, à Élise et moi.

– Je vais passer la journée au cybercafé du village plus tôt que prévu finalement, a-t-il déclaré d'un air bien sûr de lui. C'est l'occase pour toi de pouvoir aussi te reconnecter à Facebook, je te signale. Je prévois portable et tablette dans mon sac à dos ?

J'ai grimacé un « oui ».

Je suis un peu coincée.

Je n'ai pas réussi à lui avouer que je viens de prendre une décision importante et que je compte bien jouer le jeu du « No réseau » à la manière d'Élise.

C'est dingue à dire mais Ambroise, lui, n'arrive pas à décrocher.

Eh bien tant pis, au péril de ma vie je continuerai à lutter.

Ambroise restera déconnecté !

Avant de reposer ce carnet, il faut aussi que j'admette que le spectacle son et lumière de La Chapelle Saint-ch-ch était vraiment à la hauteur. On a passé la soirée allongés dans une barque, Ambroise, Élise, Lucien et moi, et j'ai adoré! On s'est laissé dériver au fil de l'eau. On a admiré les lumières qui se reflétaient en musique sur la rivière.

Lorsque je suis descendue de cette barque, j'étais tellement zen que j'étais persuadée que la vie sans réseau est possible pour tous.

Et qu'en plus, elle est aussi douce qu'une nuit sur la Chaisse.

🙂 ÉMILIE,
qui croit qu'ici, l'impossible peut devenir son contraire.

Journal d'ÉMILIE RAMIER

JOUR 10

16 juillet, presque minuit

Ce séjour est carrément ouf. On peut le dire. En tout cas, c'est la première fois qu'il se passe autant de choses pendant mes vacances ! Je suis complètement exténuée mais je ne pouvais pas aller me coucher sans raconter cette journée… pleine de surprises.

La randonnée/chasse au trésor n'a ressemblé en rien à ce qu'imaginait mon frère. Il pensait qu'on allait partir de la maison d'hôtes pour arriver à un point B à repérer grâce à une carte. Il croyait déjà qu'on s'installerait tous plus ou moins (plutôt moins en ce qui concerne Élise) au cybercafé et qu'on arriverait (par miracle) à rallier le point B au dernier moment.

Alfred nous a expliqué un tout autre fonctionnement au petit-déjeuner.

– Vous avez cinq points relais à trouver au fil de la journée grâce à une carte et une fiche d'énigmes qui vous donneront des indications essentielles. À chaque étape, je vous attendrai avec un cadeau. La dernière étape sera la cerise sur le gâteau puisque vous aurez accès au véritable « trésor ». Je précise que par égard pour la cheville d'Ambroise, le parcours total n'est pas long, ni franchement escarpé.

– Et si on rate un point relais en route ? a demandé Élise qui paraissait enthousiaste.

– Je vous retrouve au point suivant ! Vous devez toujours rester ensemble tous les trois pour éviter de vous perdre.

– Et si on prenait un téléphone ? a suggéré Ambroise qui s'imaginait récupérer son Smartphone à la place du vieux portable caché dans son sac. Vous avez vu que la dernière fois, ça a failli mal tourner avec Lulu.

– Mais justement, il n'est pas là ! s'est exclamé mon père qui écoutait les explications depuis le début. Vous êtes trois ados qui partez marcher en plein jour, n'exagérons pas non plus. Les risques sont très modérés. D'autant plus que vous retrouverez Alfred à chaque point relais.

Celui-ci a remis à chacun de nous une fiche cartonnée et une carte pliable.

– Et notre pique-nique ? j'ai demandé, un peu inquiète.

– Alfred vous le donne en mains propres au point numéro 2. Vous allez vous régaler, a expliqué Capucine.

J'ai tout de suite trouvé l'idée plutôt rigolote.

On est partis sur la route, tous les trois, après avoir fait des adieux déchirants à Lulu qui était persuadé qu'il n'allait jamais nous revoir. Élise et moi, on marchait d'un bon pas. Ambroise traînait la jambe et s'était remis à boiter, comme par hasard.

Le point 1 était super fastoche à repérer et même si mon frère a fait exprès de nous lire l'énigme d'une voix d'outre-tombe (il criait « Siii tuuu voiaaas mon clooocher, c'est que du point deuxeuheuh tu es tout prèèèès »), on a repéré Alfred derrière l'église du village. Il nous a remis notre cadeau : un méga paquet de bonbons ! Pour une fois, on l'a trouvé... raccord avec la vie moderne. Ensuite, il nous a donné rendez-vous au point 2 et il est reparti. On s'est assis sur un banc et on a attaqué très sérieusement notre première récompense.

C'était la première fois que je pénétrais vraiment dans le village de La Chapelle gnagna-gna et effectivement, il y a un cybercafé. Dès que mon frère l'a aperçu, il est entré en transe.

– « Pour ma part », je m'arrête ici, a-t-il déclaré. J'ai tout ce qu'il faut dans mon sac et je compte bien me reconnecter pour de bon.

Élise et moi, on l'a regardé, aussi consternées l'une que l'autre.

– Bon, les filles, on arrête le délire, là, a-t-il articulé lentement. Vous n'allez pas me faire la morale. Le lutin et la fée ne sont pas là, alors oubliez-les un peu et laissez-moi ENFIN me reconnecter à la vraie vie.

– Et, concrètement, on dira quoi à Alfred en arrivant sans toi au point numéro 2 ? a demandé Élise, les poings sur les hanches.

– Vous raconterez ce que vous voudrez. Je fais une sieste avec un gentil lapin rencontré en cours de route. Ou mieux, je me suis découvert une passion pour les herbiers et je suis à la recherche de la *Campanula extraordinarium*.

Comme Ambroise nous toisait en ricanant, la bouche remplie de bonbons, il a fini par m'énerver.

– Laisse tomber, Élise ! j'ai déclaré. On part sans lui, c'est un cas désespéré. Il est incapable de profiter d'une journée autrement qu'en étant relié à un câble. Et puis en plus, il n'a jamais su lire un plan donc il est mort de trouille à l'idée de se perdre.

Élise s'est mise à rire alors que mon frère haussait les épaules. Il nous a tourné le dos et a fait mine de s'éloigner.

– Tu sais bien que sans GPS, tu es complètement paumé ! j'ai continué. Dès qu'on arrive dans un nouvel endroit, tu es le premier à dégainer Google Maps.

– Et alors ? Je vis avec mon temps, moi, a protesté Ambroise en se retournant. Je ne vais pas regarder où se lève le soleil pour savoir où est le nord.

– Raté ! s'est moquée Élise. Je te rappelle juste que le soleil se lève à l'est et se couche à l'ouest. C'est quand même utile quand on veut se diriger.

– OK ! a crié Ambroise, exaspéré. Alors on va faire un truc, les filles. J'entre au cybercafé, je prends le temps de faire deux ou trois petites parties d'entraînement et j'arriverai quand même au point repas avant vous. Vous me verriez dans *The Way to War* ! Je suis *THE boss* en matière d'orientation sur carte pour repérer les ennemis à *shooter*.

Il s'est éloigné vers le café et a regardé sa montre.

– Top chrono, les filles. Bougez-vous !

On n'a pas demandé notre reste, Élise et moi. On est parties en courant tout en poussant des cris sauvages.

La deuxième énigme était un peu plus compliquée puisqu'il était question de sens du vent et de pin couché. On s'est bien emmêlé les pinceaux et on a tourné la carte dans tous les sens. Mais à onze heures trente, le point 2 était atteint et on s'est mises à sauter comme des cabris. Ambroise n'était pas là, on avait gagné ! Alfred était désolé qu'on se soit séparés et on lui a promis qu'on allait retrouver « le boss de l'orientation » pour partager notre déjeuner avec lui.

C'est là que les choses se sont gâtées.

On n'a pas réussi à remettre la main sur mon frère.

Au point 3, il était toujours absent... Au point quatre, j'ai commencé à m'affoler, même si Alfred restait zen.

– Je suis passé au cybercafé, il n'y est pas, nous a-t-il affirmé avant de repartir. Pas d'inquiétude pour autant. Je connais tout le monde ici, on va forcément le retrouver.

– Mon frère doit être en train d'arracher l'écorce des arbres à l'heure qu'il est, j'ai expliqué à Élise. Il a une horloge dans le ventre et il faut qu'il mange à heures fixes, sinon il est capable de mordre.

Élise s'inquiétait, elle aussi. Finalement, Ambroise nous a rejointes vers seize heures peu après le point 4.

– J'étais prêt à attaquer le premier ours qui passait tellement j'ai faim, a-t-il déclaré alors qu'on prenait de ses nouvelles.

– Mais tu t'es vraiment perdu ? lui a demandé Élise en lui tendant son sandwich. Ou tu as joué pendant tout ce temps ?

– Disons que… j'ai un peu flâné en route, a-t-il dit en prenant un air mystérieux. Au passage, je vous signale qu'ici, le soleil a tendance à faire n'importe quoi. J'ai suivi vos trucs d'est et d'ouest et ça n'a absolument pas marché.

– Euh, comment te dire, *boss* de l'orientation ? j'ai ricané à mon tour. Élise et moi, on a tout validé. Après les bonbons qu'on a finis sans toi, on a reçu un déjeuner, mais aussi une BD chacune et une clé qui va nous servir pour découvrir le trésor...

– ... qu'on a encore le temps d'aller chercher avec toi, cette fois, a annoncé Élise qui avait retrouvé le sourire depuis qu'Ambroise nous avait rejointes.

Mon frère a haussé les épaules mais il nous a suivies tout en engloutissant son déjeuner avec appétit. On a récupéré le trésor peu après. Alfred nous attendait patiemment. Il nous a remis solennellement un coffret que la clé du point 4 nous permettait d'ouvrir.

À l'intérieur ? Trois entrées pour le Luna Park installé dans la ville d'à côté, avec grand huit géant et attractions plus extrêmes les unes que les autres !

Alfred nous a déposés au Luna Park vers vingt heures et il est venu nous rechercher trois heures après. On a passé une soirée de ouf tous les trois.

Ambroise a été top. Rien à dire ! Il a même admis qu'on a été super fortes en orientation.

– Si, au lieu de te jeter sur ton jeu de guerre, tu nous avais suivies, on aurait pu te donner des conseils utiles pour lire une carte, a ironisé Élise avec le sourire. À mon avis, tu en as grand besoin !

Mon frère a ri sans ajouter de remarques.

En tout cas, après, on n'a pas parlé de sa « rechute ».

On s'est contentés de vivre à fond ces quelques heures au Luna Park et on n'a pas eu besoin de réseau pour les apprécier.

J'ai vraiment kiffé ma journée, comme dit Ambroise. J'ai remercié Alfred d'ailleurs et je crois que ça lui a fait très plaisir.

☺ ÉMILIE,
la VRAIE boss de l'orientation.

Journal d'**ÉMILIE RAMIER**

JOUR 11

17 juillet, 20 heures

Aujourd'hui, sur le tableau d'activités figurait en grosses lettres dans la case 10 heures-11 heures: «Vérification et montage matériel/réunion bilan: où en sommes-nous?».

Dès mon réveil, j'ai entendu Lulu courir dans le jardin en poussant des cris sauvages et je me suis dit qu'avec lui, le «retour à la terre» ne serait pas complètement serein. Je n'avais toujours aucune envie de partir camper.

Mon intention était de mettre Ambroise face à ses engagements. Il m'avait parlé d'un «plan en deux phases», je ne voyais toujours pas arriver cette deuxième partie!

Alors que je finissais tout juste mon petit-déjeuner, maman est venue me voir.

– C'est vrai que ça te ferait plaisir de rester ici ce week-end, Lili? m'a-t-elle demandé.

J'étais tellement surprise que j'en ai lâché ma tartine.

– Ambroise pense que tu préférerais rester ici avec Élise et lui, a continué ma mère. Il vient de m'en parler.

– Élise reste AUSSI? j'ai lancé, étonnée.

– Oui, elle préfère peindre avec ton frère, je crois. Ils ont l'air de bien s'entendre, non?

J'ai hoché la tête, un peu bête.

– Et... vous accepteriez de me laisser avec eux? j'ai murmuré prudemment.

– Si tu le souhaites. Avec Ambroise et Élise, je ne serai pas inquiète.

J'ai sauté au cou de ma mère qui s'est mise à rire et je suis sortie en trombe de la cuisine pour remercier le frère absolument génial que j'ai la grande chance d'avoir. Je n'en revenais pas ! Ambroise avait respecté sa promesse.

Je l'ai trouvé en train d'aider Lulu.

– Il doit être au taquet, ce tipi ! lui expliquait-il. C'est super important, il y a « contrôle de tentes indiennes » ce soir. Je crois bien que Geronimo en personne est en visite à La Chapelle Saint-ch-ch.

– Qui c'est « Jérôme Hino » ? demandait un Lulu radieux.

– Ambroise, tu es au top parfois ! j'ai crié en m'approchant. Merci pour ce week-end.

– Ne te lance pas trop vite dans une danse de la joie, a répondu mon frère aîné à voix basse. J'ai demandé que tu restes parce que Mme « Pourmapart », pot de colle *number one*, vient de m'annoncer qu'elle restait elle aussi. Comme ça, tu lui tiendras compagnie pendant que je serai « où tu sais »…

Ambroise m'a tourné le dos pour s'occuper d'un piquet. Au moins la situation était claire. Il avait arrangé notre week-end pour pouvoir s'échapper tranquillement au cyber-café.

J'ai haussé les épaules. Il ne savait pas que j'avais une mission secrète.

Une rechute, c'était acceptable, mais une deuxième... impensable !

Quand les tentes ont été montées et véri-fiées, Capucine nous a réunis pour un petit « bilan d'avant week-end ».

– Chers amis, a-t-elle lancé de sa voix chan-tante, nous voilà tous ensemble pour faire le point le plus honnêtement possible. Voici dix jours que vous êtes coupés du monde des connectés, quelles sont vos impressions ?

Mes parents ont tout de suite affirmé qu'ils « découvraient de nouvelles sensa-tions » et Ambroise a précisé que lui avait de moins en moins de sensations au niveau des pouces puisqu'il n'utilisait plus portable ou manette.

Lucien a levé le doigt à son tour. Très sérieusement, il a déclaré :

– Moi je trouve que partir camper et construire des cabanes, ça m'empêche de penser à ma tablette et à ma console. J'aimerais bien qu'on continue à la maison, seulement on ne peut pas fabriquer de cabanes ni aller dans le jardin puisqu'on habite un immeuble.

– C'est un problème, en effet, a souri Alfred. Mais il y a mille autres activités que tu peux faire en appartement, tu sais.

– Ah ouais, des trucs passionnants! a renchéri Ambroise. Tricot, canevas, mots croisés, confection de petits sablés, production de «aïe mon cou», écossage des petits pois au coin de la cheminée...

– C'est quoi du canevas? C'est dur à faire? a demandé un Lucien plutôt intéressé par la liste d'activités.

Ambroise a dit:

– Si j'avais un portable, je te montrerais ça dans la seconde. Ici, il faut attendre la prochaine veillée pour échanger des infos.

Ambroise nous toisait, les bras croisés, comme s'il voulait se battre. Le seul progrès par rapport à la réunion précédente, c'est qu'il n'a pas quitté le cercle.

– Tu critiques beaucoup, mais n'empêche que depuis qu'on est arrivés, il y a un truc vraiment cool, c'est qu'on passe du temps tous ensemble, je me suis exclamée. Franchement, à la maison, on est sur nos tablettes, consoles, télés, donc les discussions sont rares. Ici, je ne sais pas si tu as remarqué, mais ON SE PARLE !

Ambroise a haussé les épaules comme pour nous signifier qu'il s'en fichait tandis que le sourire de Capucine s'allongeait.

– Émilie, tu as défini en peu de mots ce que pensent la plupart des ados qui viennent passer un séjour ici. Pour un grand nombre d'entre eux, se couper du réseau leur permet de vivre des moments inédits. Ils redécouvrent même le plaisir d'être en famille.

Élise a déclaré :

– Moi je pense sincèrement que tout est possible, si on se donne la peine de lever de temps en temps les yeux de ses écrans pour les poser ailleurs.

La fée et le lutin ont décidé de clore la réunion sur cette phrase.

LE **TABLEAU D'ACTIVITÉS**

Après, mes parents ont tenu à passer au village acheter une crème antimoustiques pour éviter une éventuelle crise à Lulu. J'ai visité l'atelier de peinture d'Alfred avec Élise et ça nous a donné envie de prendre les pinceaux.

En plus, petit scoop... Je sens qu'Élise est de plus en plus attirée par le « nouvel Ambroise » qui vient d'éclore.

Affaire à suivre.

🌀 ÉMILIE,
incroyablement connectée à la vraie vie.

Journal d'ÉMILIE RAMIER

JOUR 12

18 juillet, 21 heures

– Bon les filles, je vous préviens, je ne tiendrai pas un seul pinceau, ni samedi ni dimanche puisque je compte passer une partie de mon week-end au cybercafé. Vous allez me servir d'alibi. Vous peignez, je me connecte. Un peu comme l'autre jour. Vous vous êtes promenées et moi, j'ai pu jouer...

Voici, mot pour mot, la première phrase qu'a prononcée Ambroise cet après-midi. Il était un peu plus de treize heures. Élise et moi on agitait la main compulsivement pour dire au revoir aux campeurs qui nous quittaient.

– Espèce de gros mytho, j'ai lancé, énervée. La vérité, c'est que pendant la chasse au trésor, tu t'es aussi perdu, mais tu ne risques pas de l'avouer !

Ambroise a repris un air mystérieux et j'ai haussé les épaules.

– Tu comptes rester longtemps au cyber-café ? a demandé Élise.

– Tout le temps qu'il me faudra pour redevenir un ado normal, a-t-il déclaré. Lili, je te signale quand même qu'il y a très peu de temps, tu avais l'air de souffrir atrocement de ne pas être reliée à ton compte FB et à tes « copiiines chériiies » ! Alors madame la donneuse de leçons, ciao !

Il s'est éloigné à grands pas.

– Et moi je te signale que de temps en temps je sors la tête du sac qui m'étouffe ! j'ai crié pour qu'il m'entende.

Élise a couru derrière lui et elle lui a parlé un bon moment. Ambroise a fini par faire demi-tour mais il n'avait pas l'air super content pour autant.

– Qu'est-ce que tu lui as dit pour le convaincre? j'ai demandé à Élise.

– Je lui ai juste expliqué qu'il avait intérêt à réaliser une peinture avec nous avant de partir pour n'éveiller aucun soupçon. Alfred l'interrogera obligatoirement sur sa production puisqu'il s'est engagé à repeindre l'enseigne.

On a rejoint Ambroise dans l'atelier. Il paraissait super contrarié. Il a saisi un pinceau qu'il a trempé dans le premier pot de peinture venu et il l'a balancé rageusement contre une grande toile blanche posée à côté.

– Je vais te lui en coller, moi, de la peinture sur son tableau, bougonnait-il.

– C'est coool les traces que tu as laissées, a commenté Élise. Tu devrais en refaire une...

Mon frère ne l'a pas laissé finir, il avait déjà imbibé un nouveau pinceau d'une autre couleur pour passer sa mauvaise humeur sur la toile.

– Waouh ! j'ai lâché malgré moi. C'est génial le mélange que ça fait.

Ambroise a reculé un peu, sûrement pour analyser son œuvre.

Ensuite… il ne s'est plus arrêté, comme s'il était VRAIMENT devenu un artiste peintre. Évidemment, Élise et moi, on n'est pas restées sur la touche non plus. Quand on a vu combien Ambroise avait l'air de s'éclater, on l'a aidé dans sa projection de pinceaux.

En moins d'une heure, on a réussi à saturer entièrement la toile de peinture. Le résultat était topissime.

– Je kiffe trop ! a déclaré Ambroise, couvert de peinture des pieds à la tête.

– Je me suis carrément éclatée ! a approuvé Élise.

– On devrait en refaire un autre, plus grand, j'ai suggéré, enthousiaste.

C'est comme ça qu'on a passé notre après-midi. Mon frère avait allumé la radio d'Alfred, branchée sur une station bien ringarde du coin qui passait des morceaux de musique improbables. Élise se déhanchait telle une folle en cadence et Ambroise faisait comme si la musique l'inspirait pour ses créations. Moi, je n'arrêtais pas de rire et j'en avais attrapé un hoquet qui me faisait encore plus rire.

– Il faut absolument poster cette œuvre sur nos comptes FB, a déclaré Ambroise quand on a eu fini.

– Oublie ça, on doit d'abord trouver un slogan ! a lancé Élise.

– Réseau *for ever and ever*, a suggéré Ambroise.

– Pour une maison d'hôtes où on doit s'en passer, c'est moyen..., j'ai commenté.

– « Touche pas à mon réseau » alors ? a continué mon frère. Ou « *I love* mon réseau » ? Vous ne pensez pas une seconde que je vais renier ce que j'aime ?

Élise et moi on a haussé les épaules. Je me suis dit « Émilie, c'est le moment de t'éclipser, ils vont réfléchir un peu et plus si affinités... ».

J'ai disparu pour les laisser totalement libres.

Bon, pas exactement puisque je me suis cachée pour voir sans être vue.

Ce n'est pas très réglo, OK.

J'avoue ma déception. Élise et mon frère ont juste continué à peindre. Et c'est tout.

Rien.

Pas un seul bisou. Ni même une caresse sur la main.

Rien.

Je suis sortie de ma cachette, super dépitée.

– Tu as vu le résultat final ? s'est écriée Élise lorsque je les ai rejoints.

J'ai jeté un de mes deux yeux dépités vers le tableau et j'en ai (presque) oublié la *love story* ratée. Ambroise avait tagué RÉSEAU en lettres noires sur la toile. Élise avait ajouté par-dessus un NO encore plus gros en jaune fluo. L'ensemble se détachait de façon incroyable sur notre amas de couleurs.

– C'est géant ! j'ai crié, enthousiaste.

– Appelle-moi Picasso, a commenté Ambroise qui rectifiait quelques détails avec un pinceau fin. Perso j'étais contre le NO mais Mme Pourmapart est en croisade.

Élise a ri en secouant la tête. Je suis sûre d'avoir vu ses yeux briller alors qu'elle fixait mon frère.

Le soir, on a partagé un énorme brunch où tous les mélanges étaient permis. Ambroise a recommencé à nous parler cybercafé en plein milieu du repas.

– C'est pas tout ça, mais il va falloir que je me bouge! a-t-il déclaré après la dernière bouchée de son sandwich chips jambon camembert chèvre cornichons ketchup.

– C'est nul de ne pas aller au bout de ton défi, franchement! j'ai affirmé en avalant un énorme morceau de mon hamburger tomates, salade, œufs, avocats, concombre, ketchup, mayo.

– D'autant plus qu'il ne te reste que quelques jours à tenir, a ajouté Élise qui venait juste de finir son sandwich pain de mie quatre étages.

Mon frère nous a regardées longuement, Élise et moi, l'une après l'autre.

– Bon les filles, vous allez me lâcher avec vos cours de morale ? a-t-il postillonné. Surtout toi, Lili. Tu me parlais de FB avec des larmes dans les yeux la semaine dernière !

– Et alors ? On peut évoluer dans la vie.

– Moi, c'est dans mes jeux que j'évolue, un point c'est tout.

– C'est dingue que tu sois aussi difficile à convaincre, a renchéri Élise. J'étais comme toi l'an dernier. J'ai même passé du temps au local poubelles pour y trouver du réseau.

– Tu montais sur les poubelles, toi aussi ? j'ai demandé, surprise.

– Largement ! J'avais repéré une petite cabane où j'avais installé mon « camp retranché » et je me servais du Wi-Fi du voisin. Pitoyable, non, quand on sait tout ce qu'on peut faire ici ?

Mon frère a très légèrement rougi.

– Tu sais que ta cabane existe toujours ? Et que c'est Ambroise qui a tenté de l'utiliser ? j'ai signalé à Élise en riant. Mais il n'y a plus de réseau là-bas pour cause de déménagement des voisins.

– C'est Alfred qui a construit cette cabane. Il la consolide un été sur l'autre parce qu'il sait que TOUS les ados vont chercher le moyen de se relier au réseau, coûte que coûte. Il leur donne ce joker en quelque sorte, mais il espère toujours que, pendant leur séjour, les jeunes arriveront à se dépasser, à vivre un peu coupés de leurs habitudes sans souffrir pour autant. Je n'invente rien. La fée et le lutin, comme vous les appelez, sont devenus des amis à mes parents et on a gardé contact l'année dernière. Ce sont eux qui m'ont raconté tout ça.

Mon frère et moi, on est restés quelques secondes sans voix. On avait du mal à imaginer Élise coincée dans « l'abri antiatomique » ou Alfred en train de le construire.

– Ambroise, ne te trompe pas, je suis exactement comme toi, a continué Élise. Super connectée. Au quotidien, je poste même des vidéos sur YouTube parce que j'ai mis en place un cercle de lectrices avec des copines. On parle régulièrement de nos «livres coups de cœur». Mes parents, eux, ont monté une boîte de services Internet. On forme une famille HYPER reliée au réseau. Mais on a choisi de faire des pauses, volontairement, depuis qu'on a découvert cet endroit. On aime nos vacances ici, où on débranche.

– Ouais, elle est trop cool, votre vie, a bougonné mon frère.

– C'est vrai que tu es un peu bouché comme garçon ! j'ai lancé, énervée. Tout le monde a du mal à couper, c'est ce que t'explique Élise. Mais quand on prend le temps d'analyser un peu la situation, on peut avoir envie de jouer le jeu en profitant de moments exceptionnels. Je ne sais pas, moi... Maman qui passe son temps à sourire, papa super détendu, Lulu à fond dans toutes les activités, toi qui fabriques des haïkus en rigolant, nous trois au Luna Park... J'ai adoré ces instants-là et je n'étais plus obsédée par le réseau. Cela ne m'empêchera pas de retrouver mon portable avec un grand bonheur d'ici quelques jours.

Ambroise a lentement fini son sandwich sans ajouter un mot. Il nous observait d'un œil moqueur.

– J'hallucine, les filles, la fée vous a convaincues alors ? Bientôt, vous aurez un chignon tourbillonnant et de la dentelle partout.

Élise et moi, on s'est mises à rire.

– Je te trouve vraiment plus marrant depuis qu'on est ici, sans connexion, j'ai fini par avouer. Ce serait cool que ça continue.

– C'est vrai que tu es très « pince-sans-rire », a ajouté Élise.

– Ah ouais ? Vous me trouvez drôle ? Vraiment ? a demandé mon frère en fronçant les sourcils.

J'ai secoué la tête pendant qu'Élise ajoutait :

– Moi, j'adore ton humour, tu es assez fin quand tu le veux.

J'ai senti un grand moment de flottement. Élise a rougi, j'en suis sûre. Mon frère l'a fixée sans rien dire.

Une petite voix m'a chuchoté : « Émilie, il est temps pour toi de t'éclipser. La *love story* se rapproche et elle n'a pas besoin de témoin direct ».

Je me suis éclipsée sur la pointe des pieds en prétextant que j'allais ranger la cuisine.

Je n'ai MÊME PAS cherché à les espionner.

De toute façon, je n'ai pas eu le temps.

Les pneus d'une voiture ont crissé dans la cour de l'entrée. C'était un taxi qui ramenait la bande des campeurs !

Lulu a fait une arrivée fracassante.

– Papa a sauvé Alfred, a-t-il hurlé. Il l'a sauvé !

Mes parents et ceux d'Élise le suivaient de près. On s'est tournés tous les trois vers eux.

– Euh… sauvé, c'est un mot un peu fort, a protesté mon père en prenant un air très modeste.

– Ah mais si Sébastien. Cette fois, j'insiste! a rétorqué le père d'Élise.

– Une piqûre de guêpe dans la gorge, ça ne pardonne pas, a conclu la mère d'Élise en posant lourdement son sac à dos sur la table. C'est marqué dans mon guide de survie d'ailleurs.

On se regardait sans comprendre, Élise, Ambroise et moi. J'ai fini par demander:

– Mais comment papa a-t-il pu sauver Alfred? Il s'est battu contre une guêpe?

– Non. Il avait un PORTABLE caché! a lâché un Lucien surexcité.

Fidèle à lui-même, Ambroise en a craché l'eau qu'il avait dans la bouche. C'est devenu une habitude.

– Il avait un PORTABLE? a-t-il crié d'une voix étranglée.

– Il a écrasé la guêpe avec? j'ai renchéri, étonnée.

– Se couper des réseaux sociaux, ça ramollit le cerveau, a réagi Antoine exaspéré. Tu as oublié à quoi ça sert, un téléphone?

– On a appelé les pompiers, Émilie, a déclaré maman. Grâce au portable de ton père, effectivement.

J'ai ouvert de grands yeux. Élise aussi. Lulu a voulu nous raconter tous les détails de l'arrivée des pompiers et on a eu beaucoup de mal à le faire taire.

– Mais alors, tu avais emporté un portable, papa ? j'ai hoqueté. Je croyais que Capucine t'avait tout pris. Tu as fait comme Ambroise ? Tu en avais planqué un ?

– Tu as planqué un portable ? s'est exclamé mon père en se tournant vers mon frère.

– Tel père, tel fils ! a crié l'intéressé. Mais le fils lui, est poursuivi par une horde de filles qui font tout pour qu'il se déconnecte VRAIMENT. Alors que le père, il amène sa famille chez les Australopithèques et il se connecte en douce !

– N'exagère pas, a insisté notre père un peu rouge quand même. Le portable peut sauver des vies, c'est pourquoi il nous en fallait un pour randonner. Je pensais évidemment à Lucien. Vous savez combien votre petit frère est sujet à diverses allergies.

– Et nous alors? Tu nous as autorisés à en prendre un quand on est allés à la chasse au trésor et qu'on a perdu Ambroise? j'ai rétorqué, au bord de l'explosion.

Maman a eu l'air gênée et elle s'est empressée de changer de conversation. D'un ton gravissime, elle a tenu à nous signaler qu'il fallait absolument qu'on aille «TOUS prendre des nouvelles de ce pauvre Alfred au plus vite».

– Il va bien mais il reste en observation à l'hôpital quelques heures car il a eu un œdème à la gorge à cause de sa piqûre. Il a enflé à une vitesse...

– Oh là là, j'ai eu super peur, moi, a précisé Lucien. Mais les pompiers, ils étaient super forts!

Notre Lulu est reparti dans ses explications et mes parents en ont profité pour s'éclipser discrètement comme si, soudain, il était très urgent qu'ils rangent leurs sacs.

Ils ne vont pas s'en tirer comme ça. Je compte bien en savoir plus.

D'accord, c'est cool de sauver une vie, c'est même super cool, comme dirait Lucien.

Mais mentir à ses enfants ET tricher...

ÉMILIE,
déconnectée du réseau certes mais pas
déconnectée de la réalité pour autant!

Journal d'ÉMILIE RAMIER

JOUR 13

19 juillet, 23 heures

En ouvrant mon carnet ce soir, j'ai réalisé que c'est devenu un réflexe pour moi de prendre un stylo pour raconter mes journées. J'ai la quasi-certitude que je vais prolonger cette habitude quand je rentrerai.

La fée et le lutin nous ont annoncé qu'ils organisent une petite fête de départ au bord de la Chaisse demain soir. Élise et moi, on a l'intention de lire nos haïkus en public.

Alfred dévoilera le panneau qu'on a réalisé pour lui. Il l'a a-do-ré et trouve qu'Ambroise a un vrai talent.

Mon frère est retourné à l'atelier depuis qu'Alfred est revenu de l'hôpital, d'ailleurs il n'avait pas l'air super mourant ! À mon avis la guêpe était une débutante !

Ils ont longuement discuté peinture, tous les deux.

– Il faut que tu creuses un peu cette voie, a affirmé notre maître Yoda local, je crois que tu viens de te découvrir un talent véritable.

Quand Ambroise m'a répété ces paroles, il a pris l'air concentré d'Alfred mais il a surtout répété sa phrase à la manière de maître Yoda, « Dans cette voie, jeune padawan tu te lanceras », c'était vraiment drôle.

N'empêche. J'ai senti que mon frère était assez fier de cette critique positive.

Il nous l'a d'ailleurs avoué alors qu'on se baignait dans la Chaisse avec nos parents. La journée a été consacrée à la famille de nouveau et on n'a pas eu besoin que ce soit écrit dans le tableau d'activités pour se retrouver avec plaisir tous les cinq. Lucien nous a raconté sa journée d'apprenti campeur.

– Alfred a chanté super bien ! Papa a même fait semblant de danser la danse du scalp alors on a trop ri.

Lorsque, à un moment, je me suis retrouvée toute seule avec lui, il m'a avoué qu'il se doutait que nos parents avaient un « portable caché » !

– L'autre jour, quand ils ont dit qu'ils allaient m'acheter une pommade anti-moustiques au village, c'était pas vrai parce qu'elle était déjà dans les affaires de maman vu que je m'en suis servi !

– Tu crois que quand papa et maman vont au village, c'est pour se connecter... au réseau ? j'ai demandé, choquée.

Lucien a secoué la tête gravement.

– En fait, ce sont EUX les plus atteints, a-t-il déclaré.

J'ai réfléchi aux allers-retours effectués par nos parents vers le village. C'est vrai qu'ils avaient pris leur voiture plusieurs fois, pour acheter des piquets de tente, changer de sac à dos, faire de «grandes promenades». Et personne ne les a suivis!

– On s'en fiche, Lulu, j'ai fini par murmurer. Ils ont voulu nous entraîner avec eux dans ce séjour un peu spécial, on s'en est largement mieux tirés qu'eux. Nous, on est des super champions!

J'ai levé ma main en l'air et on a checké, lui et moi. Mon petit frère m'a fait un beau sourire et il a conclu:

– La maîtresse elle dit toujours que nul n'est parfait!

Lucien n'est pas seulement « super » casse-pieds en fait. Il est aussi « super » sympa comme petit frère, parfois.

Quant au grand... je continue mon enquête à propos de sa relation avec Élise.

J'ai réussi à en savoir un peu plus. Comme on s'est retrouvés un moment seuls tous les deux dans ma chambre en début d'après-midi, je lui ai avoué mon admiration pour Élise. Ambroise a marmonné un truc entre ses dents: fille trop «spé».

– Moi, je la trouve vraiment cool ! j'ai ajouté pour bien enfoncer le clou. Mais… elle et toi… c'est…

– Laisse tomber Élise, c'est pas tes affaires, a répondu Ambroise sur la défensive.

– Non, mais… je voulais juste savoir si…

– Lâche-moi avec cette fille ! Elle est en mission No réseau, je te dis, elle est « spé » !

J'ai laissé le silence s'installer (c'est de la psychologie féminine, ça) et j'ai murmuré :

– Moi, si j'étais toi…

– Ben justement, t'es pas moi ! m'a répondu mon frère avec un mouvement d'humeur. En plus, j'ai même pas son numéro ! Et sans réseau, comment tu veux que je la branche ?

J'ai carrément retenu mon souffle. Mon frère venait (pour la première fois de sa vie) de me faire une confidence à propos d'une fille.

Respect, Émilie.

– Sérieux, a continué Ambroise en triturant nerveusement un de mes oreillers. J'ai jamais dragué sans téléphone, moi ! Qu'est-ce que tu veux que je lui dise ? Avec un portable, c'est largement plus facile. On se parle par SMS et hop, *in the pocket* !

– Ben, je ne sais pas, moi, j'ai répondu en haussant les sourcils. Ça fait juste deux semaines que vous discutez. Quel intérêt d'attendre ton portable pour la brancher si elle te plaît ? Tu n'as qu'à continuer à être naturel puisque visiblement, elle te trouve drôle.

– T'es marrante, toi ! Tu crois que c'est facile de draguer en direct ? Des mots écrits, c'est moins stressant.

– Peut-être que pour une fois, tu peux agir en vrai ? En arrêtant de te cacher derrière ton écran. Tu as bien vu qu'elle t'apprécie quand même ! Dis-lui des trucs du genre...

– Du genre ? a insisté mon frère un peu inquiet.

– Ben... Du genre « Je te kiffe » ou « Tu vas me manquer » ou mieux « T'es la fille la plus cool que je connaisse ». Tu vois, quoi !

Ambroise m'a regardée avec des yeux de hibou.

Ensuite, il s'est mis à rire. Il a secoué ma chevelure, pour me décoiffer.

– Ma petite sœur se prend pour un conseiller conjugal, a-t-il plaisanté. Bientôt, tu vas me coacher pour que j'obtienne un rancart ? J'aurai tout vu pendant ces vacances de ouf.

Pour finir, il a posé un bisou rapide sur ma joue.

J'ai failli tomber de mon lit !

Et même si on a parlé d'autre chose très vite, même si Ambroise a repris son air bourru, j'ai eu le cœur rempli de bonheur d'un seul coup.

J'avais oublié que mon frère m'aimait un peu...

Point de vue émotions, la journée m'a réservé d'autres surprises.

Mon père est venu me chercher en fin d'après-midi. Il avait envie d'un moment de « partage, seul à seul avec son unique fille préférée ».

– Ouais, facile, tu n'en as pas d'autres ! j'ai protesté à cause du « préférée ».

– Si j'avais eu d'autres filles, j'aurais vraiment aimé qu'elles te ressemblent de toute façon, a insisté mon père alors qu'on marchait côte à côte.

– Tu dis ça parce que tu as envie de te faire pardonner quelque chose ?

– Je dis ça parce que c'est la vérité. Je suis fier de ma fille qui n'a pas toujours la meilleure place entre deux frères qui peuvent être indifférents ou totalement envahissants.

Papa a posé une main sur mon épaule.

– Quant à « me faire pardonner quelque chose », comme tu le dis, tu n'as pas tout à fait tort. Je me sens un peu fautif pour le téléphone caché... qui a quand même sauvé une vie ! a-t-il insisté à voix basse.

– C'est vrai que vous avez voulu qu'on se déconnecte en famille et...

– Je ne regrette rien, Émilie. C'était une excellente idée. Même si on n'a pas été aussi forts que vous, ta mère et moi. Tu sais, c'est dingue mais j'ai le sentiment d'avoir redécouvert ma famille ici parce que j'ai juste pris le temps de vous observer, vous trois, mes enfants que j'aime. Et dans l'année, je ne prends jamais ce temps-là.

J'ai cherché une plaisanterie à dire mais ma tête était vide. J'avais juste les yeux qui me piquaient drôlement.

– Même si je n'ai pas été « détoxifié » à cent pour cent, comme toi Émilie, ce séjour m'a permis de faire le point. Ta mère aussi d'ailleurs. On sait qu'on n'a plus envie de tomber dans le même piège. Oui au réseau, bien sûr. Mais non à son utilisation déraisonnable. On compte un peu sur toi pour nous le rappeler. On t'a trouvée très forte !

J'ai fait mine de gonfler mes muscles et mon père a souri. On a discuté, lui et moi, et on est tombés à cent pour cent d'accord sur un truc.

On vient tout juste de se « retrouver », mes parents, mes frères et moi.

Il est hors de question qu'on se reperde
de vue !

Je vais donc veiller sur nous.

🙂 ÉMILIE,
gestionnaire de connexions.

On va se coucher super tard cette nuit, il paraît ! Élise dit que la soirée « On se quitte » dure longtemps. Elle m'a parlé de la fête de l'an dernier avec la famille qui était présente avec eux.

— Ils étaient bien moins sympas que vous, a-t-elle déclaré alors qu'on préparait des *cupcakes*.

— Oh oui, a renchéri Capucine qui nous aidait. On n'avait pas un « super » Lucien, ni un Ambroise à l'humour corrosif ou une Émilie si sensible.

La fée m'a fait un de ses sourires qui disent tout.

C'est drôle, j'ai ressenti un vide à ce moment-là.

Surtout que j'entendais Lucien pousser des cris en courant autour de sa cabane.

– On va s'ennuyer en rentrant à la maison, j'ai murmuré, un peu triste. Vous allez nous manquer.

Je ne sais pas ce que j'englobais dans le « vous ». Élise, c'est certain. Mais la fée, le lutin et leur maison coupée du monde ? Est-ce que je ne les mettais pas dans le package, eux aussi ?

– Euh, les pâtissières du dimanche, c'est quand vous voulez pour m'aider à déplacer notre toile pour l'expo de ce soir, a lâché Ambroise qui venait de quitter l'atelier d'Alfred et qui était une nouvelle fois couvert de peinture.

– Waouh, on croirait que tu as peint avec tout ton corps ! a plaisanté Élise en passant (avec douceur) un morceau de Sopalin sur la joue de mon frère qui est devenu un peu plus rouge encore.

Là, une petite voix m'a murmuré : «Émilie, c'est leur avant-dernier jour ensemble, il faut que tu fasses un truc!»

J'ai suggéré à Élise d'accompagner mon frère pendant que je finissais les *cupcakes*.

– Prenez tout votre temps, j'ai ajouté en regardant Ambroise bien dans les yeux. C'est fragile, une toile.

Après... je ne suis pas fée, moi!

J'ai croisé les doigts pour que mon benêt de frère n'attende pas d'avoir à nouveau son portable pour parler VRAIMENT à Élise! Quel gâchis ce serait...

En tout cas, depuis ce matin, tout le monde s'active dans la maison.

J'ai veillé un peu sur mes parents. Ils n'ont pas quitté la maison une seule fois.

Ma mère a eu une vraie «révélation yoga» pendant ce séjour! Elle fait AUSSI ses exercices de respiration en solo.

C'est elle qui a le plus modifié son look pendant ces vacances. Je la trouve plus cool que lorsqu'on est arrivés. La fée lui a donné un peu de sa zénitude, le lutin un soupçon de «lumière du cosmos», et ça lui va bien!

J'ai pensé à mes copines chéries avec lesquelles je suis en totale non-connexion depuis presque quinze jours. Elles me manquent, c'est sûr. Il y a un nombre considérable d'événements que j'aurais tellement eu envie de partager avec elles. Pourtant, j'ai réussi à tenir sans être reliée à elles. C'est ouf, mais j'aurai au moins appris quelque chose ici! Mes journées peuvent AUSSI être agréables sans que j'aie forcément besoin de les afficher sur mon compte FB...

Par contre je sais que je vais essayer de motiver une ou deux copines pour me suivre un jour dans une nouvelle expérience sans réseau. Je nous verrais bien ici en train de nous balader au bord de la Chaisse ou de faire des batailles d'eau glacée.

Lucien court partout depuis ce matin, il est encore plus excité que d'habitude, comme s'il savait que c'est la fin d'une période. C'est le seul de la famille à avoir fait TOUTES les activités proposées par Capucine et Alfred. Je ne sais pas comment on va gérer sa suractivité quand on rentrera à la maison.

Quoi que... un projet se dessine dans sa petite tête.

– Moi, je veux m'inscrire chez les scouts, a-t-il déclaré ce midi au repas. Alfred, il dit que les scouts c'est super!

– C'est une idée géniale, ça, a commenté mon père, enthousiaste. Tu sais que papi était scout?

– Mais au niveau des allergies, c'est un peu dangereux, non? a réagi ma mère qui en avait perdu son sourire.

– Lucien gère très bien ses crises, Céline, a insisté mon père. Tu as vu comment il a su s'adapter ici?

– Ouais, même quand vous achetez une pommade qu'on a déjà, je m'en rends compte, je fais attention à tout! a conclu Lucien, les yeux brillants.

J'ai vu mes parents fixer leurs assiettes avec passion tandis que je me baissais pour cacher mon sourire. Ambroise, lui, n'a rien compris. Il a juste précisé qu'il ne souhaitait pas faire du scoutisme mais que peut-être... éventuellement...

– Je pense m'inscrire au cours de peinture de Mme Blanc. Vous savez, la prof du lycée qui donne des cours particuliers ? J'avais ramené son flyer un jour.

Mes parents ont hoché la tête, déjà convaincus.

– Depuis la petite section, je sais que tu as un don, a insisté maman, des trémolos dans la voix.

– C'est vrai que tes bonshommes sans bras et sans pieds faisaient déjà très Picasso, j'ai ajouté, moqueuse. Mais quand on a voulu que tu exposes, tu avais perdu ton doudou et tu as catégoriquement refusé.

Ambroise s'est mis à rire en me donnant un coup de coude au passage.

Mes parents se sont tournés vers moi et ils m'ont demandé si j'avais « de nouveaux projets pour l'année à venir». J'ai attendu quelques secondes (j'aime ménager le suspense) et je leur ai officiellement annoncé mon désir de tenir un journal au quotidien et peut-être même, pourquoi pas, de me lancer dans un VRAI projet d'écriture.

– J'ai commencé par poster des petites pensées sur mon compte Facebook et puis ici, j'ai dû abandonner le réseau. J'étais dégoûtée alors je me suis rabattue sur un vieux carnet à spirale avec l'idée de raconter comment j'avais résisté au mouvement No réseau. En fait, j'ai écrit chaque jour, mais pas de la façon que j'imaginais. Ce séjour a été méga inspirant et j'ai découvert que j'aimais ça, écrire.

– Quelle famille! s'est exclamé Lucien. Un fils peintre, une fille écrivain...

– Et le petit dernier aventurier des temps modernes, a ajouté maman.

La fée a interrompu notre conversation à ce moment-là. Son chignon en tourbillonnait de joie.

– Savez-vous qu'on parle de nous sur vacancescool.com? a-t-elle déclaré, enthousiaste. Et aussi sur megaholidays.net? Deux articles très positifs.

J'ai froncé les sourcils avant de demander :

– Comment vous avez pu les lire vu qu'il n'y a pas de réseau ici?

Il y a eu un blanc.

Je dirais même un méga blanc.

On regardait tous Capucine.

– Alfred et moi, on se connecte régulièrement, a-t-elle avoué en souriant. Disons qu'il y a du réseau à chaque fois qu'on rebranche notre box. Tard le soir. Et pas plus d'une heure.

J'ai ouvert de grands yeux alors que mon frère s'étranglait à moitié avec sa pêche (c'est dingue comme les scoops l'empêchent d'avaler correctement nourriture ou boisson!).

– Vous voulez dire que vous avez VRAIMENT une box ici? a-t-il demandé, stupéfait.

– D'habitude, je ne le révèle pas, a répondu la fée en riant. Mais je suis de nature gaffeuse !

Elle s'est éloignée de son pas dansant et on est restés bêtes tous les cinq.

Lulu a juste murmuré :

– Vous savez quoi ? Les adultes peuvent être de super menteurs.

– T'as raison ! a renchéri Ambroise en checkant avec lui pour approuver. Heureusement qu'on est là pour relever le niveau, c'est pathétique.

– Ben si, justement, c'est super « thétique » ! a ajouté Lulu d'un air grave.

On s'est mis à rire tous les trois. Vraiment. Et comme Ambroise en a rajouté des tonnes, on n'arrivait plus à s'arrêter.

Ensuite Élise nous a rejoints et comme par hasard… Ambroise s'est envolé.

Du coup, j'ai préparé les haïkus qu'on lira ce soir. Alfred veut jouer de la guitare en même temps et j'ai un peu peur que ce soit méga ringard. Élise dit qu'au pire, on criera pour couvrir les fausses notes.

Il me tarde ce soir.
Soirée de ouf en perspective !

🙂 ÉMILIE,
qui n'a pas particulièrement envie
de rentrer chez elle.

Journal d'ÉMILIE RAMIER

JOUR 15

21 juillet, 14 heures

Voilà.

THE END.

Mon sac est rempli, la chambre vide.

Elle est toujours aussi violette, d'ailleurs !

J'ai posé mon téléphone à côté de moi, sur le lit.

Capucine nous a rendu officiellement TOUS nos appareils connectés. Élise et ses parents venaient de partir et on agitait encore la main pour leur dire au revoir. Je ne sais pas si la fée a senti qu'on était un peu tristes (surtout Ambroise !) mais elle nous a lancé de sa voix chantante :

– Le panier qui contient vos « trésors » vous attend !

Comme mes parents, mes frères et moi, on la regardait sans comprendre, elle s'est mise à rire.

– Votre détox s'achève à cet instant précis et je vais vous rendre ordi, montre et autres tablettes. Une petite précision, nous avons pris soin de les recharger.

Son annonce a été suivie par un grand silence.

– Et votre box, elle est branchée ? a demandé Ambroise, méfiant.

La fée nous a souri avant de poser le panier devant nous et de s'éloigner.

Moi j'ai tout de suite compris qu'elle nous mettait à l'épreuve.

D'ailleurs je crois qu'on a tous compris.

On est restés quelques secondes sans bouger. Ensuite, on a récupéré nos biens, sans se presser. Comme si on avait un peu peur.

J'ai été étonnée de voir la quantité d'appareils qu'on a déposée à nous cinq, il y a quinze jours. J'avais presque oublié qu'on est HYPER connectés.

– Il y a du réseau, a annoncé Ambroise d'une drôle de voix.

– Oui, tout à fait, il y a du réseau, a confirmé mon père.

– C'est vrai, il y a du réseau, a ajouté ma mère.

J'ai eu envie de rire. On aurait dit des aventuriers perdus dans le désert depuis des jours qui tombent soudain sur une oasis. Ils n'osent pas y croire à cause des mirages... Pour ma famille, c'était un peu ça. Ils avaient besoin de se persuader à voix haute.

– Je vais envoyer un message à Élise, a lâché Ambroise en s'éloignant avec son portable.

– Tu t'es connectée sur notre boîte mail? a demandé papa en se tournant vers maman.

– J'y suis presque, a répondu l'intéressée en pianotant nerveusement sur sa montre connectée.

Évidemment, j'ai allumé mon téléphone, moi aussi. J'avais juste trois-cent-trente-cinq messages non lus, tous de mes copines qui n'ont pas bien compris le principe de mes vacances puisqu'elles ont continué à me bombarder de SMS CHAQUE JOUR! Mon compte FB est aussi saturé. J'ai ouvert quelques messages au hasard, juste pour voir comment mon monde avait continué à tourner sans moi.

J'étais super soulagée quand même. PERSONNE ne m'avait oubliée.

Quand j'ai relevé la tête, Lulu me regardait. Il n'a pas dit un mot. Il avait l'air triste.

Je crois qu'il venait de comprendre que c'était VRAIMENT la fin des vacances puisque en quelques minutes, on avait tous les yeux rivés sur nos écrans!

– Tu sais quoi? j'ai lancé en rangeant vite fait mon portable dans ma poche. Quand on sera rentrés à la maison, j'ai très envie de faire une partie de scrabble, pas toi?

Lucien m'a fait un « super » sourire qui est devenu géant quand mes parents nous ont rejoints… sans tablette.

– Un dernier petit tour de barque sur la Chaisse, ça vous dit ? a proposé mon père.

– On est encore en vacances, non ? a renchéri maman en attrapant la main de Lulu.

Celui-ci a secoué la tête, trop content.

On partait vers la rivière quand Ambroise nous a appelés.

– Et moi ? Je sens mauvais ou quoi ? Vous alliez faire des activités en douce ? Vous savez que moi, je kiffe grave les activités ? D'ailleurs, mon rêve, ce serait qu'on installe un tableau Velléda dans la cuisine, en rentrant. Chaque matin, on y noterait des idées d'activités bien moisies qu'on aurait imaginées pendant la nuit.

On s'est mis à rire et papa a laissé Ambroise s'appuyer un peu sur lui dans la descente. On a fait un super tour en barque. J'ai pris plein de photos avec mon portable.

Non, je ne les ai pas postées sur mon compte Facebook.

Non, Ambroise n'a pas tweeté #activites-moisies.

Non, on n'a pas mis de vidéo en ligne sur YouTube.

On a juste profité de ces instants trop cools qui ne reviendront pas.

Ou…

Pas avant l'année prochaine ?

♥ ÉMILIE,
qui a un peu envie de pleurer.

ÉMILIE RAMIER sur Facebook

24 JUILLET

⍒ **Je sais, je vous ai manqué, fidèles followers.
Attention... Roulements de tambours.
Vous êtes connectés sur le compte d'une fille
privée de réseau pendant quinze jours. Ne
vous trompez pas. Je ne vous parle pas de
séjour en prison... J'ai fait une «détox», comme
disent certains. Une DÉTOX NUMÉRIQUE.**

Trente-deux likes en moins de deux
heures, qui dit mieux? Sans parler des MP
qui me demandent d'expliquer ce qu'est
exactement une détox.

J'ai donc posté un lien avec le site de Capucine et Alfred. Ils y expliquent clairement que l'objectif d'un séjour dans leur maison d'hôtes, c'est de gérer son «addiction en se coupant complètement de tout lien numérique».

J'ai dû préciser pour ceux qui ont des problèmes de vocabulaire :

👤 **pas de mail, de Facebook, de Twitter, de YouTube, de Snapchat, d'Instagram, de SMS...**

Il a fallu que je gère les questions. Toutes les mêmes...

Concrètement, ça consiste en quoi ?

👤 **Avec ma famille, on est partis dans un endroit paumé où, à la base, PERSONNE n'a envie de vivre. C'était une maison (que même le GPS ne sait pas localiser), avec un immense parc, au bord d'une rivière où l'eau est glaciale. Le tout est tenu par un couple assez space qu'on a fini par surnommer, mon frère et moi, la fée et le lutin.**

Comme ça, je l'admets, ça ne fait pas rêver. Et oui, mes parents ont payé pour que toute notre famille soit PRIVÉE DE RÉSEAU pendant quinze jours.

Les notifications ont fusé ! Certains voulaient des photos (ah ah ah ! Sans portable, facile !), d'autres écrivaient juste «MYTHO !» et la plupart me demandaient comment j'avais fait pour survivre et dans quel état je me sentais après quinze jours «d'horreur absolue».

👤 **Je suis toujours vivante. (Se couper du réseau n'a pas entraîné ma mort subite comme je l'imaginais.)**
Je vais bien (aucune carence, je veux dire, aucune séquelle, aucun tic inquiétant, pas de déprime ni de baisse de tension) et le reste de ma famille aussi.
Pour tout vous dire, on ne s'est JAMAIS sentis aussi bien les uns avec les autres.

J'ai eu des réactions trop drôles. Théana était par exemple persuadée qu'on avait dû se taper dessus, mes frères et moi, pendant ce long séjour à l'écart du monde. Alice imaginait que j'en voulais TERRIBLEMENT à mes parents.

J'ai donc précisé une dernière chose sur mon compte FB.

♟ Manquer de réseau nous a rapprochés. Ma famille et moi, on s'est offert une nouvelle vue. N'imaginez pas qu'on a jeté notre box en rentrant chez nous. Que non! On est reliés, encore et toujours. Mais on a compris un truc. Tous les cinq.
Le réseau ne nous relie pas toujours les uns aux autres, en fait, il nous attache! Et de temps en temps, se libérer de ses liens ça fait du bien!

Après, j'ai eu envie d'éteindre mon ordi. J'avais dit l'essentiel.

Sauf que, coup de théâtre... j'ai eu un MP de Saaaaam!

Il a vu que j'étais la sœur d'Ambroise (j'avais posté une photo de mon frère et moi évidemment) et il a l'air SUPER intéressé par mon histoire. (C'est un *gamer* et il ne voit pas comment mon frère et moi, on a pu tenir le coup.)

Incroyable…

Comment décrire l'état de stress dans lequel j'étais ? Comme si d'un seul coup, les mots me manquaient. (J'ai mieux compris le stress d'Ambroise quand il a dû draguer sans téléphone. D'ailleurs, il s'est très bien débrouillé parce que c'est officiel, sur son compte FB il est « en couple » avec Élise !).

J'ai donc posté un MP pour Sam.

👤 **Vivre sans réseau n'est pas forcément horrible, dingue, ouf, débile, impossible, inutile, crétin, ennuyeux à mourir… Mais en fait… c'est plus simple que je te raconte mon séjour si ça t'intéresse.**

J'ai posté mon numéro.
Ensuite, j'ai éteint mon ordi.

Dans l'immédiat, je compte me tourner vers mon ami fidèle, celui qui a su si bien m'écouter pendant mes quinze jours sans réseau. Mon carnet à spirale m'attend, j'ai encore des tonnes de trucs à lui dire.

Lulu vient de partir avec mes parents visiter un camp scout et Ambroise est en pleine séance Skype avec Élise (il a repris ses entraînements, évidemment. Sauf que lorsque Élise l'appelle, Bigfly, Petitdingo, Korozoufi ou Kirua5200, ses gentils petits camarades de la *team*, sont relégués au placard. Énorme!). Je suis donc tranquille un bon moment.

Je vais pouvoir me confier et avouer sans que personne ne le sache que la maison d'hôtes perdue au fin fond de la Creuse me manque un peu. J'ai même eu envie d'organiser ce matin une réunion du type «Deux jours de reconnexion, faisons le point ensemble».

Capucine, sors de ce corps…

Euh… Mon téléphone vient de sonner.

Ambroise, au secours.

On fait comment pour draguer en direct?

Merci à vous, Pauline et Thomas.
Vous avez été MES vecteurs d'une patience infinie vers le monde (si mystérieux) de l'Internet...

L'auteure

Pour **Sophie Rigal-Goulard**, Internet a toujours eu un côté mystérieux...

Entre Twitter, Snapchat, Facebook et autres liens au réseau, elle était un peu perdue. Quand elle a décidé d'écrire cette histoire, il lui a fallu trouver des professeurs très sérieux pour apprendre à décoder ce monde de l'instantané et des échanges éclairs. Heureusement, elle a deux enfants qui passent leur vie sur la planète réseau et ils ont été de vrais pédagogues, très patients... et compréhensifs.

Depuis, Sophie Rigal-Goulard est une pro de la communication via Internet. Il paraît qu'elle aurait même du mal à s'en passer.

Aux dernières nouvelles, elle a d'ailleurs l'intention de séjourner en Creuse.

Quinze jours...

Vous pouvez retrouver Sophie Rigal-Goulard sur les salons car elle aime les rencontres avec ses lecteurs et sur son site : sophie-rigal-goulard.fr

L'illustratrice

Marie de Monti est illustratrice et auteure de BD. Ses sujets de prédilection sont l'histoire et le dessin animalier.

Elle utilise un stylo très très fin afin de dessiner un maximum de détails, et cherche à rendre ses personnages les plus vivants possible. C'est donc dans un but de recherche iconographique qu'elle regarde de nombreuses vidéos d'animaux sur Internet car, voyez-vous, elle prend son métier très au sérieux ! (La documentation est la clé d'un dessin réussi ☺)

Vous pouvez la retrouver sur son portfolio : mariedemonti.ultra-book.com et sur son blog : engrandepompe.canalblog.com

Comment se passer plusieurs jours
de nos écrans préférés ?
Une expérience à lire...
et à vivre !
de Sophie Rigal-Goulard

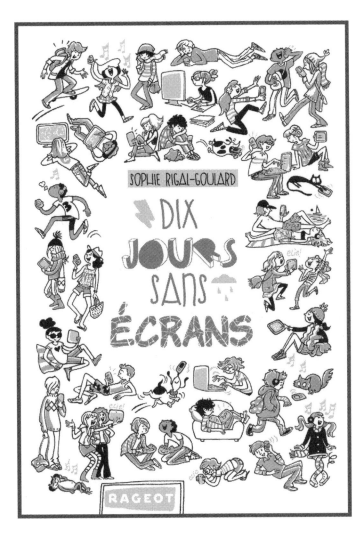

Retrouvez toutes les nouveautés de Sophie
Rigal-Goulard et de Rageot-Éditeur
sur notre site
www.rageot.fr

Cet ouvrage a été composé par IGS-CP
à l'Isle-d'Espagnac (16)

RAGEOT s'engage pour
l'environnement en réduisant
l'empreinte carbone de ses livres.
Celle de cet exemplaire est de :
500 g éq. CO_2
Rendez-vous sur
www.rageot-durable.fr

PAPIER À BASE DE
FIBRES CERTIFIÉES

Achevé d'imprimer en France en novembre 2016
par Normandie Roto Impression s.a.s. (Alençon, 61)
Couverture imprimée chez Boutaux
(Le Theil-sur-Huisne, 28)
Dépôt légal : janvier 2017
Numéro d'édition : 5318-01
Numéro d'impression : 1604991